その詩人が　　　　　　　で
もない、なんとこの俊太郎です
から、余計びっくり。けれどそれが
おとぎ話ではなく、リアルで楽しい
苦労話だということは、この本を開
けばわかります。詩は基本的に作者
と読者の一対一の関係で成り立つ
ものですが、詩を味わう場はさまざ
まです。昔は書店での立ち読みは歓
迎されませんでしたが、今では書店
で読書できるスペースを設けている
ところも多い。書店の空間、書店で
過ごす時間が、本を中心にしてゆっ
たり豊かになってきているんです。
『俊カフェ』もそういう時代の流れ
の中で、書店として本を売るだけで
はない、（でもこの本は買ってほし
い）ささやかでもアイデアに満ちた
活動、詩をきっかけにした老若男女
の輪を目指してほしいと思います。」

谷川俊太郎

俊カフェがあるのは築100年の建物

ようこそ!! 俊太郎ワールドへ

読者の邪魔をしない、手作りのスイーツやドリンク

ここから何冊も素敵な本が生まれています

思いをつづる俊カフェノート

札幌ポエムファクトリーの様子

ベビー＆キッズも大歓迎

等身大の俊太郎さんがお出迎え

手記 札幌に俊カフェができました

古川奈央

谷川俊太郎さんの一ファンである私が、
「俊カフェ」という、〃展示するカフェ〃を開き、
そこに谷川俊太郎さんの作品を愛する人々が集まり、
札幌の詩の拠点、文化の発信地の1つになりつつある。
そんな夢のような物語を綴りました。

もくじ

6章 年末の願いが、年明け早々に実現へ 99

はじめに

２０１７年５月、札幌に「俊《しゅん》カフェ」というお店を開きました。詩人・谷川俊太郎さんの本やグッズ、俊太郎さんの詩を歌う音楽などを扱う私設記念館的なカフェです。

なんで札幌に？　俊太郎さんは札幌に縁があるの？　などと、よく聞かれます。

俊カフェが札幌にあるのは「俊太郎さんのファンである私が、札幌に住んでいるから」。

俊太郎さんの詩を読み始めた頃の私は、まさかお知り合いになれるなんて、まさか俊太郎さんから「奈央さん」と呼んでいただけるなんて、ご自宅にお邪魔できるなんて、一緒に自撮りもできるなんて、俊太郎さんと密に仕事をしている方々と知り合えるなんて、夢にも思っていませんでした。

この本では、そんな奇跡のようなカフェが生まれた理由をお伝えしたいと思います。

書き始めてみると、伝えたいことがこんなにあるのかと、自分でも呆れるばかりです。俊カフェ店主・古川奈央の長話に、しばしお付き合いいただけたら幸いです。

1章

いくつもの出会いが重なって

人類は小さな球の上で
眠り起きそして働き
ときどき火星に仲間を欲しがったりする
（二十億光年の孤独）

*

かっぱかっぱらった
かっぱらっぱかっぱらった
とってちってた
（かっぱ）

＊

生きているということ
いま生きているということ
それはのどがかわくということ
木もれ陽がまぶしいということ
ふっと或るメロディを思い出すということ
くしゃみすること
あなたと手をつなぐこと

（生きる）

＊

カムチャツカの若者が
きりんの夢を見ているとき
メキシコの娘は
朝もやの中でバスを待っている
（朝のリレー）

*

（詩はすべて一部抜粋）

世界的詩人・谷川俊太郎。あまりの多作ぶりに、またあまりにも知られている作品が多いために「歴史上の人物」と思っている方もいます。でも、俊太郎さんは現役の詩人として今も多くの作品を生み出しています。

この本は、そんな詩人・谷川俊太郎さんを大好きになり、縁あって何度かお話しする機会を得た1人のファンが、札幌に私設記念館的なカフェまで作っちゃった。そんなお話です。

子どもの頃から詩は身近にあった

振り返ると、幼い頃から身近に詩がありました。私の両親は結核病棟で知り合い、「扇状地」という詩のグループの仲間でもありました。母は今では詩を書くこともなくなりましたが、俊太郎さんの処女詩集『二十億光年の孤独』から始まり、今でも詩集を買って読むことがあります。いっぽうの父はもともと税関に勤める国家公務員でしたが、40歳をすぎてから脱サラして編集者となり、生涯詩人でもありました。札幌の詩の世界で活躍している方々とも交流が深く、多くの詩集が本棚に並んでいました。父の詩の仲間が集まった朗読会にお邪魔したこともあります。また父は、自身の詩を切り絵ならぬ切り文字作品に仕上げ、人にプレゼントしたり、家に飾ったりもしていました。

父の本棚の詩集を手にとって読むことはありませんでしたが、「詩を書くこと」「詩を朗読すること」は、私にとってはそれほど珍しいことではない環境でした。

高校の校歌で目にした〝谷川俊太郎〟の名前

私が俊太郎さんの作品と初めて出会ったのは子どもの頃。年は覚えていませんが、親が買った『ことばあそびうた』（１９７３年・福音館書店）が最初でした。ただ、それが「詩人・谷川俊太郎の本である」ということを意識することはありませんでした。

谷川作品との次なる出会いは高校のとき。私が通っていた札幌開成高等学校（現・市立札幌開成中等教育学校）の校歌の作詞者が俊太郎さんだったのです。

体育館のステージ横に掲げられた校歌に「作詞　谷川俊太郎」という文字を見て、「有名な人が書いた校歌なんだなあ」とぼんやり感じていたことを覚えています。そのありがたさなどまったくわかっていない高校生でした。けっきょく高校の３年間は、最後まであまり校歌のことを深く考えたことはありませんでした。

本格的に俊太郎さんの詩を読み始めたのは、埼玉の大学を卒業し、東京で働いていた頃のこと。20歳からアルバイトで通っていた編集プロダクションにそのまま入社した私は、バブルにギリギリ引っかかっている時代だというのに、カツカツの生活をしていました。そのためもっぱらの楽しみは、ウィンドウショッピングをすること、友達の家に集まること、部屋でテレビを見ること、

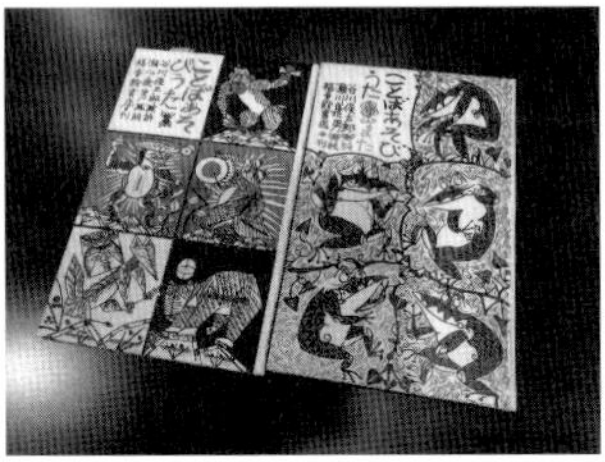

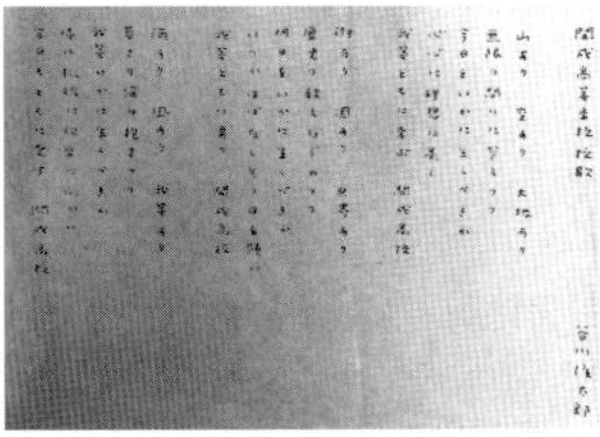

校歌の直筆原稿

そして書店の棚を眺めることでした。とくに書店では、小説、詩集、漫画の棚がお気に入りでした。

その当時（１９９０年代前半）はテレビＣＭがたまらなく面白い時代でした。制作費にかけられるお金も今とは桁違いだったのでしょう。中でもとくに好きだったのが、バブルとは真逆のとても静かな作品でした。古い日本家屋の、少し薄暗い台所に醤油を持って立つ、凛とした佇まいの女性…。この映像に添えられていたのが「夜中に台所でぼくはきみに話しかけたかった」というコピー。ああ、なんと美しいのだろう。なんと静謐で癒される世界観なのだろう――と、深く感動したことを覚えています。

それから間もなく、ふらりと入った書店で「詩集」の棚を眺めていると、同じタイトルの詩集『夜中に台所でぼくはきみに話しかけたかった』（１９７５年・青土社）が目に入りました。著者名は谷川俊太郎。

「あれ？　開成の校歌の人だ！」

私は運命的なものを強く感じ、その1冊をすぐに購入しました。表紙をめくり最初に掲載されていた詩は「芝生」。後に知ることになりますが、この作品は俊太郎さんが「夢遊病のように書けてしまった詩」だそうです。そのように「書けてしまった詩」「なんでこういう詩が書けたかわからない」という作品は他にもありますが、なぜかそういう詩のファンはとくに多いようです。

頭で理解しようとしてもわからないけれど、心にジワリと染み込み離れなくなる…詩を読んでそういう感覚に陥ったのは、初めての体験でした。

詩集『旅』に導かれて

初めて買ったその詩集で、私はすっかり谷川俊太郎ワールドに魅了されました。その詩の世界に吸い込まれていった、という方が正しいかもしれません。

詩集『夜中に台所でぼくはきみに話しかけたかった』を購入して数カ月後、同じ書店に行って再び詩集コーナーで俊太郎さんの本をじっくり1冊、また1

冊と眺めてから購入したのが、山口県出身の画家・香月泰男さんとの共著『旅』（1968年・求龍堂）でした。

『夜中に台所でぼくはきみに話しかけたかった』もかなり代表的な作品ですが、この『旅』もまた代表作の1つでした。たまたまではありますが、とくに多くの人を魅了した詩集を、私は立て続けに2冊、手にしたのでした。

当時、私は渋谷の雑居ビルにある小さな編集プロダクションに勤めていました。ちょうどこの『旅』を買ったのと同じ時期のこと。若い頃に結核をやったために片肺で、身障者手帳を持っている父が肺炎になったと、やはり病弱な母から連絡をもらいました。父の命の危険を感じ、「仕事を辞めてすぐ札幌に帰る」という私に、母は「お父さんは私が治すから、あんたはそっちで頑張りなさい」と断言。結果、母の言葉を信じて家に帰ることはしませんでしたが、不安が常につきまとう日々を過ごしていました。

詩画集『旅』を手に取ったのは、そんな時期でした。とくに病気の人のことを書いてあるわけでもなく、両親のその状況に通じる言葉が使われていたわけでもありませんが、詩の1つひとつに、そして香月泰男さんの淡く繊細な画に心癒され、ページを開くたび、自然と涙が溢れてきたのでした。詩の中に垣間見られる家族の姿に、何か感じる部分があったのかもしれません。これで私は、完全に俊太郎さんのファンになったのでした。

人生が一変したDiVa《ディーバ》との出会い

その後、25歳で私は札幌に帰ってきました。帰ってきた当初、少しだけ文章力に自信を持っていた私は、すぐにフリーライターの名刺を作り、同じ編集者である父や友達の紹介で、あちこちに名刺を配り歩きました。しかし、もともと大した経験のない私に仕事などあるわけがありません。仕事もなく、実力もなく、行くあてもない私を拾ってくれたのは、父の詩人仲間でもある方が代表を務めていた広告代理店。その校正部に空きが出たということで、入れていただいたのでした。

どんな仕事でもミスは許されませんが、校正部はとくに「ミスをしないことが大前提」の部署。毎日文字を見続け、神経を削って徐々に消耗していき、視力もどんどん落ちていき、部署内の人間関係も微妙で、そこにいることに限界を感じ始めた頃、フリーライターとして配り歩いた名刺の1枚を見た方から電話がきました。

「札幌で、新しい情報誌を制作する会社を立ち上げる。そのための編集者を集めている。よければ面接を受けてみないか」

文章を書きたい、編集をしたい、その世界で自分の力をつけたい！　そう願っていた私は飛びつきました。無事に面接に通り、会社設立とともに入社。本格的に、やりたかった文章の仕事に就くことができたのです。

この転職には、少しだけ時間がかかりました。

広告代理店の社長は父の友人。次に勤める会社は、設立前で株式公開をしていなかったため、「どういう会社かはまだ誰にもいわないように」と念を押されていました。そのため私は、どうしてもその社長に転職先をいえずにいました。

「僕はあなたがどんなところに転職するのか、変な会社に行くのではないか心配だ。それをいわせない会社を信用することができない。話せないのであれば、退職を認めるわけにはいかない」

社長室で、そういわれました。けっきょく「他言無用でお願いします」とお願いしてすべてをお話ししたところ、「あなたがやりたいことを、新しい場所で頑張ってください」と、背中を押してくださったのです。

今でもあのときの社長室での空気を思い出します。この方は会社から旅立つ人を、その人の進みたい道を、心から応援してくださる人格者でした。これまで勤めた会社の中で、唯一尊敬できる社のトップです。「やりたいことを続けるためには、それだけをまっすぐに」という思いが根付いているのは、このときの社長との会話がずっと生きているからだと感じています。

こうして転職をした私は編集部に在籍し、『ポロコ』という女性向けの情報誌を作ることとなりました。月刊誌で情報量も多いですが、編集スタッフは少なかったため、1人1人が受け持つコーナーは多岐にわたっていました。私も例に漏れず、ファッション、グルメ、コスメ、アーティストや札幌の人のインタビュー、ステージ、ニュースなどなど、いろいろやらせていただきました。ステージページは札幌で上演される舞台のスケジュールをリスト化してカレンダーにし、その中から気になるものをピックアップしてコラムとして紹介するというものでした。

あるとき、電話が入りました。

「詩人の谷川俊太郎さんと、ＤｉＶａという現代詩を歌うグループのステージが札幌であるんだけど、ポロコのステージページで紹介してくれない？」

俊太郎さんの詩集を少しずつ集め、時々手にとって読んでいた私にとっては、とても嬉しい情報です。ＤｉＶａの存在も、そのとき初めて知りました。このイベントはピックアップページで大きく紹介し、ステージも観に行きました。そこで初めて聴いた俊太郎さんの生の朗読。そして、ＤｉＶａの楽曲の、体に染み込むような心地よさ、歌声の素晴らしさ。私はすっかり魅了されました。

ＤｉＶａは、俊太郎さんの息子さんで素晴らしい音楽家である谷川賢作さんがバンマスとピアノを務め、ボーカルは北海道でよく流れる某企業CMの「風シリーズ」を歌っている高瀬〝makoring〟麻里子さん（通称まこりん）、そして、ベースやパーカッションなどなんでも御座れの大坪寛彦さんの3人からなるバンド。谷川俊太郎さん、まど・みちおさん、正津勉さんなどの「曲になることを想定していない」現代詩に曲をつけて演奏する、唯一無二の存在です。

初めて手にしたD・i・V・aのアルバム『そらをとぶ』は何度も聴きました。1曲目の『Read Me』という曲始めで、まこりんの「ワン、トゥ、ワン、トゥ、スリー」というささやくようなカウントに始まりを感じてワクワクし、最後の「かぼちゃ」というジャズ風のアレンジがされた楽曲で、かぼちゃのセリフをいう俊太郎さんの声を楽しみ…。細部を頭の中で再現できるほど聴き込みました。

翌年には北星学園大学のチャペルで、俊太郎さんの朗読とD・i・V・aのライブが行なわれるということで足を運びました。チャペルで聴く心地よい音楽と朗読は、とても神聖な響きとして感じられました。近い距離で聴く俊太郎さんの朗読。その中に『うつむく青年』という作品がありました。

うつむいて／うつむくことで／君は私に問いかける

最初のフレーズに、不思議な感覚を覚えました。ヨレヨレのレインコートを着た、背の高い、眼光の鋭い青年を想像し、その青年は何を大人に問いかけているのか、自分に問いかけられているかのような錯覚を覚えながら朗読を聴きました。

その後、札幌の響文社という出版社から出版されていた詩集『うつむく青年』（朗読CD付き）を購入。夜、枕元に置いたCDプレイヤーで俊太郎さんの朗読を聴きながら眠るのが日課になりました。

俊太郎さんはどこかで、「上手・下手に関わらず、書いた詩人本人の朗読でその詩を聴くというのはいいみたいだね」とおっしゃっていました。響文社の『うつむく青年』が、私にそのことを体感させてくれました。

ファンから友人へ。まこりんとの関係

雑誌『ポロコ』で俊太郎さんとDiVaのコンサートを紹介し、その後DiVaが2000年のミレニアムを歌った新譜を出すときにも、札幌を訪れたまこりんを取材。会って2回目の私たちは、取材後に2人でランチへ。年齢が近いせいか、すぐに私たちは打ち解けました。それが1999年〜2000年頃のことです。

その後2002年、DiVaはいったん活動休止に入ります。まこりんは「活動休止を機に、かねてより尊敬していた舞踏家・能藤玲子先生の下でダンスを学ぶため、札幌に住むことにした」とメールをくれました。転居準備のためにメールをやり取りするうちに、私たちは自然と仲良くなっていきました。ちなみに、私が「俊太郎さん」と自然に呼ぶようになったのもまこりんの影響です。

2003年まで1年間、尊敬する師の下で舞踏を学んだまこりんは、歌を歌うため帰京を決めます。本格的に歌う日々から少しだけ離れていたまこりんが喉の調子を確かめるため、私と一緒にカラオケに行ったのはちょっとした自慢です（笑）。

2005年夏、私は雑誌社を退職し、フリーライターになる…つもりが、なぜか新規立ち上げをするブライダル施設の企画室に入社しました。「新しい会社で創業メンバーとして働く」というのは、前にいた雑誌社に続き2度目でしたから、右も左もわからない業界とはいえ楽しみな転職ではありました。しかしその会社はあまりに忙しく、昼も夜も関係なく上司から電話がかかってくる職場環境。朝に指示され準備したことが夜にはひっくり返されることもしょっちゅうでした。さらには人間関係も複雑で、常に気が張っている状態でした。

さらに翌2006年は、1月に父が亡くなり、間もなく祖母と2人暮らしだった母が鬱状態になり、10月には私が体を壊して入院・手術をし、年末には母に初期のがんが見つかるという最悪の1年でした。けっきょくそのブライダル施設は退職し、実家に戻って母と祖母と3人で暮らすことを決断。2006年末に退職し、翌2007年1月からフリーライターとなって、自由な時間を手に入れました。

濃くてしんどい2006年でしたが、そんな中で一服の清涼剤となったのが、7月に開催された2つのコンサートでした。

1つは、札幌市西区琴似にあるコンカリーニョという劇場で公演された「夏の散歩道」という作品。これは、画家である山本容子が谷川俊太郎の詩をモチーフに絵を描き、それに谷川賢作が曲をつけ、詩人・覚和歌子が朗読を、まこりんが歌を歌うという夢のように美しいコンサートでした。2005年に同じく山本容子が谷川俊太郎の詩に絵をつけた『あのひとが来て』（マガジンハウス社・CD付き）という本が刊行され、コンチネンタルギャラリー（札幌）で、原画展がコンサートと同時開催されていました。

もう1つはトランスパランスという、まこりんを中心に活動をしている3人組の女性ボーカルグループのライブが、ライブハウスくぅ（札幌市中央区）

で行われ、こちらにも行けたこと。トランスパランスは、声をまるで楽器のように自在に操る3人のハーモニーが素晴らしく、またトークが最高に面白く、耳も心もプラスのパワーで満たされるライブでした。

そして2007年春、ついにDiVaが活動を再開しました。最悪の1年を過ごした後のこのニュースは、本当に嬉しかった。公演タイトルは「はるのゆめ」。まさに夢のようなニュースでした。

復活ライブの場所は南青山マンダラ。客席はDiVaを待っていたファンで超満員！　私の影響でDiVaファン、まこりんファンになっていた叔母と2人で駆けつけました。当初予定していたライブに加え、追加公演もチケットを確保し、DiVaの再スタートを叔母と一緒に喜びました。

ちなみにこちらのライブを仕切っていたのは、まこりんの大切な友人で、俊太郎さんやDiVaからの信頼も厚い前田優子さん。現在は福島県にあるいわき芸術文化交流館アリオスという劇場でお仕事をされています。このアリオス開館の折には、俊太郎さんが「アリオスに寄せて」という4篇の詩を書いており、アリオス外壁レリーフと、アリオスの公式ホームページ内「コンセプト」の項で読むことができます。

その翌年、２００８年2月14日には、東京オペラシティのリサイタルホールでＤｉＶａのコンサート。タイトルは「凍てつく夜を、あたためるうた」。こちらも叔母と2人で観に行きました。

２００８年秋には、俊太郎さんとＤｉＶａがテレビ番組「題名のない音楽会」に出演。テレビでＤｉＶａの音楽が、不特定多数の人の目に触れると思うだけで、胸が熱くなりました。

俊太郎さんはまこりんの歌声について「まこりんの歌で聞くと、詩が活字で読むよりもずっと深く心に届くのに驚く」と評しています。詩を、また違った表現でじっくりと味わうことができるのがＤｉＶａの魅力であると、知ってから20年経った今でも強く感じています。

★第1章　年表

1969年　2月　誕生
1984年　札幌開成高校入学
1987年　埼玉大学入学
1989年　渋谷の小さな編集プロダクションでアルバイト開始
1991年　大学卒業、そのまま編プロに入社
1994年　3月に札幌へ帰る。9月に広告代理店入社
1997年　4月に雑誌社に入社、poroco 編集部に在籍（9月創刊）
1999年　DiVaを知る。まこりんと知り合う
2002年　DiVa活動休止。まこりんが札幌へ
2004年　編集部を異動、ガーデニング雑誌の編集長に
2005年　雑誌社退職、ブライダル施設入社（企画室）
2006年　1月父逝去、10月手術、12月母にガンが見つかる
12月末でブライダル施設退職
2007年　1月1日よりフリーライターになる
春にDiVaが活動再開（南青山マンダラで復活ライブ）
2008年　2月、DiVaコンサート（東京オペラシティリサイタルホール）
秋、谷川俊太郎&DiVaで『題名のない音楽会』出演

2章

俊太郎さんへの距離が近づく

話したいことがあふれた1時間

北海道札幌開成高等学校校歌

1

山あり　空あり　大地あり
無限の問いに　答えつつ
今日をいかに　生くべきか
心々に理想は高く
我等ともに学ぶ　開成高校

2

街あり　国あり　世界あり

歴史の教え　たずねつつ
明日をいかに　生くべきか
いつかはばたく　その日を願い
我等ともに育つ　開成高校

3

海あり　風あり　我等あり
若さの悩み　抱
我等いかに　生くべきか
時に孤独に　吹雪に向かい
今日もともに愛す　開成高校

※中等教育学校では最後の「開成高校」を「開成札幌」に変更。

谷川俊太郎作詞による札幌開成高校の校歌です。２０１２年、開成高校は50周年を迎えるにあたり、11月17日に記念式典（於：札幌コンサートホール キタラ）を開催。私も卒業生として、客席でその式典を見守りました。

50周年を祝して記念歌を作ることも決まり、学校が俊太郎さんに作詞を依頼。記念式典にも来賓としていらっしゃいました。ここで嬉しい偶然がありました。このとき校長をしていたのは、私が3年生のときの担任だった岩本隆先生。かねてより私は、ＤｉＶａの音楽の素晴らしさを先生に対して熱く語り、俊太郎さんのファンであることをずっと話していたので、そのご縁もあって俊太郎さんとお話しする機会を得たのでした。

俊太郎さんにお会いしたのは、記念式典の翌朝。東京へ帰られる当日のことでした。ホテルまでお迎えに行き、エレベーターから降りてきた俊太郎さんに先生がご挨拶。私も続いて自己紹介をしました。俊太郎さんの詩の大ファンであること、ＤｉＶａも大好きなこと、まこりんとも仲がいいことを、わずか数分で一気にお伝えし、そのあと空港へのタクシーに相乗りさせていただきました。

（学校側が俊太郎さんを空港までタクシーでお送りすることは決まっていたのですが、先生1人よりも、俊太郎さんファンである私が同乗した方がいいだろうとの先生の判断でした。ただし、私が同乗することを、俊太郎さんが了承してくれたら…という条件付きで、ホテルでお待ちしたのでした）。

俊太郎さんの詩との出会いはCMのコピーがきっかけだったこと、JRシアターのコンサートや、大学のチャペルでのコンサートも聴きに行ったこと、響文社の『うつむく青年』に付属されたCDで朗読を聴いていることなど、お伝えしたいことは山のようにありました。

私の話を聞いてくださったあと、俊太郎さんから「oblaat《オブラート》って知ってる？」と質問されました。oblaatとは、詩を本の外に開くレーベル。そのときすでに顕微鏡や鉛筆などのグッズがラインナップして販売されており、『つぶやく外灯』（モールス信号のための書き下ろしの詩。光のアーティスト・高橋匡太氏による作品）という映像も動画サイトに上がっていました。

詩は紙の本で読みたいと思っていた私は、詩を商品化することに抵抗があり、oblaatの商品の存在は知っていましたが、あえて買うことはしていませんでした。

「すみません、まだ持っていないんです」とお答えすると、「じゃあ送るね。住所教えて」と嬉しいお言葉。「詩を商品化するなんて…」と思っていたのにゲンキンなものですが、私は喜んで俊太郎さんに名刺をお渡ししました。

その日はタクシーの中で1時間ちょっと、2人きりでお話しすることができました。空港のロータリーに入った頃、俊太郎さんが一言。

「僕はね、ＤｉＶａは飛行機の機内で聴けたらいいと思うんだよね」

「私もそう思います！　多くの方に聴いてほしい音楽です！」

俊太郎さんの方がずっとわかっているに違いないことを、つい力説したりもしていました。そして別れ際、持参した『夜中に台所でぼくはきみに話しかけたかった』にサインをしていただきました。

このとき、俊太郎さんは「まこりんのソロライブの音源があるんだったら聴いてみたいな。（嵯峨治彦さんの）馬頭琴とのコラボって、どんなものか興味ある」とおっしゃっていたので、家に帰ってすぐCDを作って郵送。ほぼ同時に、俊太郎さんからoblaatの鉛筆『ポエペンシル』と、発行されたばかりの『すき好きノート』（アリス館）が届きました。

いただいた鉛筆をケースから取り出し、読んで、驚きました。1本1本に鉛筆の気持ちが書かれており、「なんて楽しいんだろう！」と興奮しました。

鉛筆に感動した私は、顕微鏡（ポエミクロ）を買い、ポエムカードを買い、Tシャツを買い…とにかくどんどんグッズを買い揃えていき、詩がどんどんと日常の中に溢れ、身近なものになっていきました。

心が躍った「ナナロク社」のアイテム

２０１２年はじめ。俊太郎さんとお会いする前に、面白い商品を私は購入していました。ナナロク社という出版社から受注生産された「ポエメール」という限定商品です。「本でもなく、電子メールでもなく、お手紙の形で谷川俊太郎の詩を送る」をコンセプトに、詩や、俊太郎さんが撮った写真のポストカード、コースターなどが封入された郵便が半年間、毎月送られてくるという、俊太郎さんファンにはたまらなく楽しい商品でした。差出人のところには筆書きの「谷川俊太郎」という署名印刷。母はそれを見て直筆と勘違いし、「あんた、谷川俊太郎さんと知り合いなの!? 郵便が届いてるよ！」といいながら、私にその美しい正方形の封筒を手渡してくれました。

その２年後の２０１４年には、「谷川俊太郎さんからの詩の玉手箱」と称した「夏のポエメール」が発売に。俊太郎さんが子どもの頃に作ったお面や、お化けの絵の旗、絵日記や絵葉書、ＤＶＤなどと共に、真っ青な表紙の詩集も入った魅力的な商品でした。もちろんこちらもナナロク社から発売されたもの。この頃からナナロク社という会社が気になりはじめました。本を買うと、手書きの一筆箋が入っている、本をとても大切にしている作り手の思いがそこから伝わる出版社でした。
後に知りますが、ナナロク社は俊太郎さんの公式ホームページ「谷川俊太郎・COM」を管理しており、俊太郎さんの資料の整理などのお手伝いもされています。そのことを知って、俊太郎さんの人となりをよく知っているからこその商品だと、改めて感じました。

俊太郎さんのものばかり集めた場を作りたい!

本にハマり、音楽にハマり、とうとうグッズにもハマった私は、今度はそれを人に伝えたくてうずうずしてきました。会話の中で俊太郎さんの名前が出ると、その都度、DiVaの音楽や、oblaatのグッズの魅力について熱く語っていました。しかし、俊太郎さんの詩は多くの人が知っていても、グッズについては現物がなければその魅力を伝えきることができません。

いつしか私は《これらを一堂に集めた〝場〟を作りたい》という願望を持つようになり、それを夢物語として友達に話すようになりました。もちろんその間も、俊太郎さんとのご縁は切りたくない！　と、細々とハガキを書いたり、新刊本を送っていただいては感動したり…という日々が続いていました。


２０１４年の年末のこと。私は俊太郎さんへの年賀状に、「いつか俊太郎さんのものばかりを集めた〝場〟を作りたいと思います」と書いて投函しました。

その翌日、私は用事があって東京へ。飛行機の中でふと冷静になり、「ああ、私はなんて大それた、図々しいことを書いてしまったんだろう…」と、ふと我にかえりました。

「でも…。でも、もしかしたら、人に話し続けたら実現するかもしれない！夢は人に話せば叶うっていうし！」

能天気な私は、東京までの1時間半のフライト中に、後悔から実現へと、気持ちの舵を切ったのでした。

年明け早々、夢がぐっと現実的に

東京最終日に私はまこりんと会い、「いつか俊太郎さんのものばかりを集めた場を作りたい」「そのことを、年賀状で俊太郎さんにお伝えしてしまった」という話をしました。

私の話をじっと聞いていたまこりん、「東京はブックカフェがどんどんできている。札幌はまだまだこれからかもしれないから、やるなら早いほうがいいと思う」「やるなら、俊太郎さんがお1人でふらっと行っちゃえるように、なるべく早いほうがいいと思うよ」（このとき、俊太郎さんは84歳でした）などなど、具体的な話をしながら背中を押してくれました。

札幌に戻り、年を越して1月3日。気心の知れた女3人で鍋をつつきながらの新年会をしていたときのこと。只野薫さんというお友達が「今年の抱負を

1人ずついっていこうか」と提案。私は、まこりんに話したのと同じことを伝えました。すると只野さんから、意外な提案が。

「いきなり店を作るというのはリスクが高いから、期間限定で展覧会をやってみては？」

実は彼女は個人でヨーロッパから洋服を買い付け、「FORTUNA《フォルトゥーナ》」というブティックを経営しているので、店を経営する大変さはよく知っています。そのブティックの1階で、SYMBIOSIS《シンビオシス》というギャラリーも経営していたのでした。

「今年の7月に、予定していた企画展がキャンセルになって空いているから、もしその日程でよければウチでやってみない？」

只野さんはそのときで知り合ってから15年ほど経っており、彼女のアドバイス、勘、直感はいつも冴えていると感じていた私は、彼女の言葉に乗ることにしました。なにせSYMBIOSISはとても人気のギャラリーで、あっという間に1年の企画が埋まってしまう場所。たまたまそのタイミングでキャンセルが出ていたというのは、奇跡としか思えませんでした。

2つ返事で「ぜひお願いしたい！」とお願いしたのち、すぐに私は俊太郎さんにお手紙を書いていました。

★第2章　年表
2012年　11月、札幌開成高校の50周年記念式典で俊太郎さんと知り合う
2014年　俊太郎さんのものばかりを集めた場を持ちたいと考えるように
2015年　正月、SYMBIOSISでの開催決定

3章

「とても個人的な谷川俊太郎展」開催

まさか!? 谷川俊太郎さんから直々に電話が

お正月に友達の只野薫さんから企画展の提案をいただき、二つ返事でお願いしますと答えた私は、すぐに俊太郎さんへお手紙を書きました。

手紙には7月に企画展を開催したいこと、お名前を冠することを了承いただきたいこと、願わくば私物などをお借りしたいこと、さらに願わくば札幌までお越しいただき、朗読などしていただきたいことをしたため投函しました。

それから数日経った冬真っ盛りの日のこと。駐車場の雪かきをしてから車に乗り込み、助手席に置いてあったスマートフォンを見ると、知らない東京03の番号からの着信履歴がありました。「誰だろう?」と思い折り返すと

「谷川です。谷川俊太郎です」

と、聞いたことのある柔らかい声。一瞬「???」となり、そのあと「えええええええっ!　ご本人から直々のお電話!」と気づいた私は、舞い上がり、いつもより高めのテンションになりました。

「お手紙ありがとう。読みました。まず企画展ね。これはどうぞやってください。それから私物ね。あの～、去年道後温泉でやってた『オンセナート』って知ってる？　あ、知らない。ちょっとネットで調べてみてもらえる？　そこに僕の私物をたくさん貸し出したのね。ネットで見て『これ借りたい』っていうのがあったらいってください。そろそろ全部戻ってくるから。それ以外にも『こういうのが借りたい』っていうのをいっていただいたら、できる範囲でお送りします。あとね、札幌に行くという件なんだけどね。この時期は毎年、北軽井沢に行っているので、他も全部お断りしてるのね。1カ所だけ行くと、どうしてうちは来てくれないんだ？　っていう話になっちゃうので、ごめんなさい。これは行けない」

なんと理路整然としたお話、的確でわかりやすいアドバイス…。さすが言葉を生業にして60年以上の現役詩人は、人への伝え方の格が違う…、頭の奥の方でそんなことを思いながら、俊太郎さんの言葉を聞いていたのでした。

「道後温泉　オンセナート」と「とても個人的な谷川俊太郎展」

俊太郎さんとの電話を切ってからすぐ、まずはアドバイスどおり「道後温泉オンセナート」と検索しました。

「なんでこんな魅力的な企画を知らなかったんだろう?」と後悔するほどの内容でした。『はなのいえ』というタイトルで、道後温泉の宿の一部屋が、丸ごと俊太郎さんなのです。部屋の鍵には『宇宙は鼻の先』と一行（詩集『minimal』掲載の詩「そして」より）。天井を見上げると「なにがある?／うえにはいったい／なにがある?」から始まる数行の詩。テーブルの上に置かれた原稿用紙にも書き下ろしの詩（そのうち5文字が和三盆）、窓にも書き下ろしの詩が書かれ、その向こうに緑。床の間には「はなのののはな」の俊太郎さんによる書の掛け軸。デスクの上には俊太郎さんの詩が書かれたワープロや、oblaatの顕微鏡（ポエミクロ）。そしてその背後の書棚には、俊太郎さんの私物である書籍。素敵すぎて、めまいがしました。

この「オンセナート」は俊太郎さんの他にも様々なアーティストの部屋があり、長期間見学できるイベントでした。

数年後に改めて「オンセナート」をネットで調べていると、俊太郎さんが草間彌生さんの部屋を訪れた動画がありました。よく見ると、知っている方が何人も。あとで知りましたが、この俊太郎さんの部屋をプロデュースしたのは「oblaat」のメンバーでした。惹かれるのは当然のことでした。

企画展の準備の時期に話を戻します。俊太郎さんと電話でお話をしてから数カ月間は、本を調べて買い集めたり、人に話して意見を聞く時間となりました。そして雪も溶けて春になったころ、ようやく俊太郎さんに「お借りしたいもののリスト」をファックスしました。リストには「お仕事で使っているもので、お借りしても差し支えないもの」とも書いたのですが、「原稿はパソコンで書いているので、何か文房具っぽいものを送ります」とお返事がきました。

初夏に差し掛かった頃、びっしりと楽しげなものたちが入った玉手箱のような箱が届きました。

それぞれの物には、俊太郎さん直筆の説明書きが付いていました。ミニカー、ブリキの骸骨、パラパラ乳房、古いラジオ、直筆原稿、お父さんの谷川徹三さんと子どもだった俊太郎さんの往復書簡、ドイツ語のポスター、赤と緑のガラスの文鎮などなど。

説明書きのないものについては直接電話でお聞きしました。例えばブリキの骸骨。「これはなんでしょうか？」と聞くと、「それはメキシコで買ってきたもの。『よしなしうた』は持ってる？　本の装丁の話になった時に、これを使ったら面白いんじゃないかっていったの」と。現在出ている『よしなしうた』は青土社から出ている新しい装丁のものですが、初版のブックカバーにはこの骸骨が虹色に箔押しされています。後日、この初版本も「うちにもこれしかない」というメモ付きで、展示用に1冊送ってくださいました。

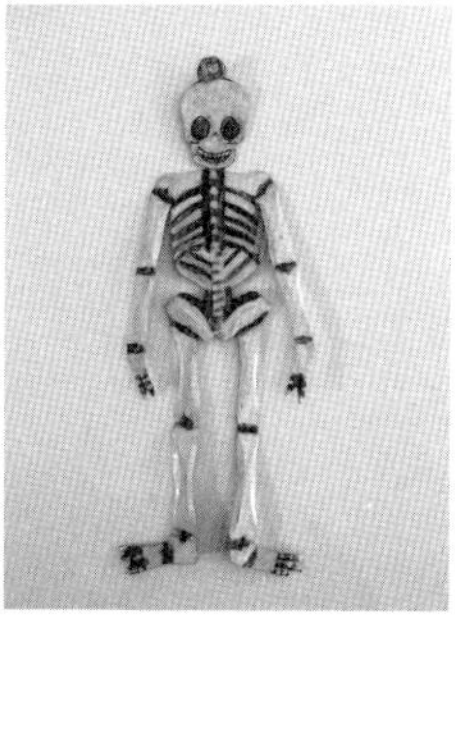

会話の中で私が知らない（持っていない）著書が出てくると、俊太郎さんはすぐに送ってくださいました。多忙にもかかわらず、私の「俊太郎さんのものばかりを集めた企画展をやりたい」という単純な思いに、きめ細かく対応してくださったのでした。

企画展が始まるまでの数カ月の間に、持っていない本で買えるものはできるだけ買い集めました。あるとき、フリーライターとしての仕事の合間のランチ中、クライアントとカメラマンと3人で食事をしながら、この企画展の話

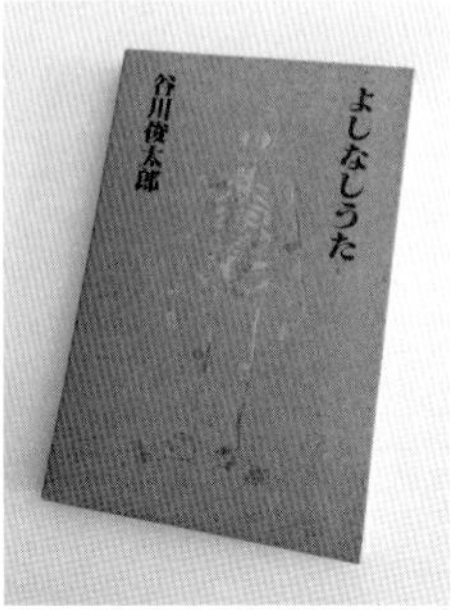

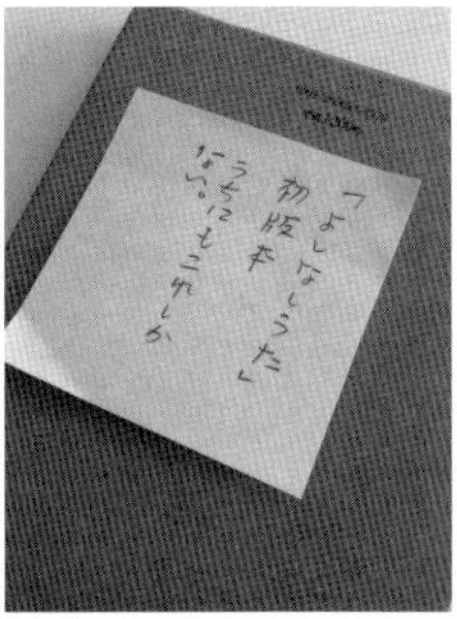

をしました。カメラマン曰く
「『絵本』と『写真』があるなら、『ＳＯＬＯ』も一緒に並べるのがいいと思う。谷川さんの撮った写真の本は、全部並べて展示したらいいよ」。

この『絵本』『写真』は、俊太郎さんが撮った写真に詩や言葉が添えられたもの。『ＳＯＬＯ』は写真のみの1冊です。撮影された年代が離れているので、その時期ごとの俊太郎さんの心の色も反映されているせいか、それぞれがまったく異なる印象を与える作品です。

『絵本』（復刻版）と『写真』は既に持っていましたが、『ＳＯＬＯ』は既に絶版になっている本。さっそくその場でネットで調べてみると、７０００円の値がついていました。潤沢な資金があるわけではなかった私が迷っていると、カメラマンがもう一言。

「駄目元で谷川さんにお借りしたいってお願いしてみたら？」

既に何冊も本をいただいている身としては、借りるだけでも迷いましたが、その７０００円があればもっていない本をあと5冊は買えるかもしれない。そのほうが、来てくださる方々は嬉しいかもしれない…。迷いに迷って、後日俊太郎さんに『SOLO』をお借りしたいとファックスしたところ、数日後に郵便で届きました。いつもは何かしらのメモがついているのですが、このときは封筒に1冊、本が入っているだけ。ドキドキしてページをめくると、『絵本』や『写真』にはない、少しだけ神経が尖った気配を感じさせる写真が並んでいました。

「この本は俊太郎さんにとっては別格で、私はとても失礼なことをお願いしてしまったのかもしれない」

不安を感じながら、本が届いた御礼をお伝えしようと電話をしました。すると電話口に出られた俊太郎さんは「あ、届いた？　よろしくね。他にも必要なものがあったらなんでもいってね」と、いつも通りの優しい声。心底ホッとしたのでした。「『絵本』『SOLO』『写真』の3冊は一緒に並べようと思います」というと、「そうしてくれたら嬉しいです」と一言。『SOLO』については嬉しい後日談があるのですが、それはまた後のページにて。

予想を超える反響に、改めて「谷川俊太郎」の偉大さを知る

7月の展示に向けて、着々と準備は進みます。まずはデザイナーの上仙文江さん（スローデザイン）に、企画展をお知らせするDMや、会場内に展示する俊太郎さんのプロフィールのデザインをオーダー。ギャラリーの大きなガラス面には、有名な詩『朝のリレー』全文と企画展名をシールで貼ったのですが、そちらも文江さんに依頼。とてもシンプルで美しいデザインに仕上がり、そのガラス面を見て、通りがかりにふらりと入ってきてくださる方もたくさんいました。

企画展の告知を開始してからは、何人もの友達がDMをあちこちに配ってくれました。また自身のショップや美術館などで置いてくださる方も多く、クチコミでも広がり、新聞などでもたくさん紹介されて、私自身が当初に想像していた以上に話題となりました。

この地球では
いつもどこかで朝がはじまっている
経度から経度へと
そうしていわば交替で地球を守る
眠る前のひととき耳をすますと
それはあなたの送った朝を
「とても個人的な谷川俊太郎展」
2015.7.14(火)~30(木)
12:00~19:30(会期中無休)

こぢんまりと、自分が持っている俊太郎さんのものを展示し、ファンの方々と交流ができれば…と思っていた当初の構想からどんどんと話は大きくなり、初日には自分が分不相応な大それたことをやってしまったのではないかと不安になるほどでした。「谷川俊太郎」というお名前を冠するということは、これだけのニーズがあるということなんだとしみじみ実感しました。

企画展がスタートしてからは、oblaatのメンバーの1人である松崎義行さん(詩のある出版社「ポエムピース」社長)が2度も足を運び、たくさん写真を撮ってくださいました。それを受け取った、oblaatの深堀瑞穂さんが、oblaatのブログで企画展のことを紹介してくださいました。深堀さんの書くブログの文章が好きだった私にはとても嬉しいご褒美でした。

「全曲・谷川俊太郎」のまこりんライブに涙

会期中盤の7月20日には、まこりんが来札。全編俊太郎さん作詞の楽曲のセットリストという豪華すぎるソロライブを、会場であるSYMBIOSISで開催してくれました。感無量。この日のライブは、私がたまたま知り合うことができた、札幌を中心にライブ活動をされている扇柳トールさんがギターでサポートしてくださり、これも心強かったです。

ライブではSYMBIOSISの只野さんが什器をたくさん貸してくださり、友達はドリンクスペースで着物姿でお客様に対応してくださいました。先輩ライターの柳亜古さんも入口でチケット対応をしてくださり、とにかくたくさんの方に助けられた1日でした。

まこりんには、「俊太郎さんの作品も少し多めに入れた内容でお願いしたい」と相談していたのですが、蓋を開けてみるとなんと全曲谷川俊太郎作品という、とても贅沢な内容でした。しっとり聞かせ、お客様と一緒に歌い、笑わせ、まこりんにしか歌えない変幻自在の曲を聴かせ、最後は言葉が深いところまで届く楽曲へ…渾身の内容とまこりんの歌声に、最後は涙が出ました。

ライブ後、まこりんと2人の打ち上げで「ほんとうにありがとう。とても楽しかった」と御礼をいうと「ほんと？　よかった〜」。本来ライブをやるわけではない場所で、初めて組む方との真夏のライブ。まこりんにとっても、扇柳トールさんにとっても、決してやりやすい条件ではなかったと思うのですが、素晴らしい音楽を届けてくれたことに心の底から感謝をしました。

（左より）只野薫さん、まこりん、古川、扇柳トールさん

●ライブのセットリスト

＊第一部

1　しあわせ

2　ほん

3　歌に恋して

4　ゆっくりゆきちゃん

5　ぽつねん

6　ほほえみ

7　『ことばあそびうた』より

～かっぱ／やんま／だって／うそつききつつき／ばか／ののはな

8　うんこ

＊第二部（サポート／扇柳トール）

9　夏が終る

10　あなた
11　けいとの たま
12　すいぞくかん
13　かぼちゃ
14　ここ
15　あのひとが来て
16　いつ立ち去ってもいい場所
17　見えないこども / Unseen Child（曲：武満徹）
18　絵本『せんそうしない』朗読
19　さようなら
20　とおく

＊アンコール

21　鉄腕アトム

大成功だった企画展。俊カフェがより現実的に

会期中、お客様の中には「この本がなかったようだから、会期中だけ貸しますよ」といって置いていってくださる方が何人もいらっしゃいました。会期終了後、返却前にすべての本に目を通し「自分用に欲しい」と思ったものは探して購入しました。開催中もどんどん本は増えていき、スタート当初は130冊程度だったのが、終了した頃には160冊くらいに増えていました。

あるとき、「マジックをやってもいいですか」という不思議な青年がいらっしゃって、その場にいた数名と一緒にその方のマジックを見ていました。そうすると携帯に知らない番号から着信がありました。マジックが終わってから電話を折り返すと、なんと俊太郎さんが別荘から気にかけてお電話くださったのでした。

「どんな感じ？　盛り上がってる？」

企画展に足を運んでくださった多くの俊太郎さんファンの話を、思いつく限

りお伝えさせていただきました。

最終日は、本当にたくさんの方が来てくださいました。会期中は絵本もお買い求めいただけるようにと思い、『ポロコ』時代からお世話になっている絵本専門店「ちいさなえほんや ひだまり」の青田正徳さんに協力いただき物販用の絵本も用意していたのですが、多忙な青田さんも最終日は夕方からいらして、私の代わりに絵本についてお客様に熱く説明してくださっていました。

開場は19時半までだったのですが、時間をすぎても帰ろうとするお客様は1人もいませんでした。

「17日間という期間、本当にたくさんの方がお越し下さって、俊太郎さん好きを共有することができました。本当に幸せな17日間でした。ありがとうございます。またいつか開催できたらいいなと思っています」

そんな内容の挨拶をさせていただくと、誰からともなく拍手が。胸が熱くなる瞬間でした。

こうして夢のような7月14日から30日までの17日間はあっという間に過ぎ

去り、目算で述べ1000人以上の方がご来場くださって、「とても個人的な谷川俊太郎展」は大成功に終わりました。

企画展を開催後、ある時はコンサート会場、ある時は知り合いのイベント会場、またある時は食事に行った先などで「谷川俊太郎展をやった方ですよね？　またやらないんですか？」と声をかけていただくことが時々ありました。新聞に顔が出たことや、企画展の開催中もたくさんのお客様とお話ししたので、覚えていてくださる方が思ったよりもたくさんいらっしゃったのは、とても嬉しくもありがたいことでした。そういう体験を重ねたことで、「常設の場所を開きたいなあ…」という思いはさらに強くなりました。

ある時、長年の知り合い数名と食事会をしていた時のこと。「企画展の時のような内容で常設の場を持ちたいと思っている。ただ、カフェなど飲食店に勤めたことはないから、やるなら私設記念館のような感じかな」というと、「飲み物などがないと、私なら行きづらいかな。『お茶を飲みに行く』というきっかけがあると、足を運びやすくなる。そういう人は多いのでは？」という言葉をいただいて、「常設をやるならカフェ」という具体的なイメージが私の中でふくらんでいきました。

4章

俊太郎さんのご自宅へ行く

ついに俊太郎さんのご自宅にお邪魔する日が!!

企画展を終えて1カ月半後の9月。「俊太郎さんにもう一度お会いしたい」という気持ちもあり、また企画展では多大なご協力をいただいたので、どうしても会って直接お礼をいいたい、企画展の様子をお伝えしたいと思いご連絡すると、意外とあっさり伺う日にちを決めることができました。

「ちょっと場所がわかりづらいから、迷ったら電話して」

なんと優しいのだ…。ちょうどその時期は東京でDiVaのライブがあったので、そこにタイミングを合わせて東京行きをスケジューリングしました。

まずは9月17日に俊太郎さん宅を訪問。初めて行く場所で、少し分かりづらいとも聞いていたので早めにホテルを出ると、30分も早く着いてしまいました。『私』という詩集に載っている「自己紹介」という詩に書かれた「巨大な郵便受け」が目印です。その日は雨で、俊太郎さんのご自宅は住宅街の中にあるので時間を潰す場所もなく、かといって家の前にじっと立っているのも怪しげなので、どうしたものかと迷っていると、中から人が出てきました。呼吸法の加藤俊朗先生でした（一方的に存じ上げていました）。

俊太郎さん少しお休みしたいかもしれない、でもまた戻ると道に迷いそうだし…少し考えましたが、けっきょくピンポーンと鳴らすと「はいはい、いらっしゃい。どうぞ中へ」と、俊太郎さんが出迎えてくださいました。

「迷わなかった？」

「グーグルマップを見ながら来たので、大丈夫でした」

「そう、それなら大丈夫だね」

グーグルマップがすぐにわかるあたり、パソコン好き、ネットの記事でオタクと紹介されただけのこと、あります。

訪問前の8月、「情熱大陸」に出演されていた俊太郎さんは、忙しすぎてぎっくり腰になったとお話ししていました。

「ぎっくり腰は、忙しさだけじゃなくて冷えも原因かもしれない」

そう思い、電子レンジでチンして使えるハーブパッドを、お礼の品に持参しました。

「呼吸法の先生に温めるようにっていわれたから、これは嬉しい」

そういって受け取ってくださり、ホッとしました。

その後、多分2時間くらいはお邪魔していたと思います。企画展でどんな方々がいらして、どんなお話をされていったか。どのように喜んでくださったか。友達がどんなサポートをしてくれたか。そして、やはりいつか俊太郎さんのものばかりを集めた場を作りたいというお話もしました。すると…

「うーん。それは維持するのが本当に大変だと思うから、やめたほうがいいと思うよ。うまくいっているのは日本全国でも2カ所くらいじゃないかなあ。こういう企画展を、10年に1回くらいやればいいんじゃない?」

店を始めた今となっては、俊太郎さんのこの言葉の意味がよくわかります。ただこのときの私は、企画展での興奮が続いており、場づくりをいつか必ず実現したいという思いに満ち満ちていたので、少しだけしょんぼりしました。

その後、俊太郎さんは席を立っては様々なものを奥の部屋から持って来て見せてくださいました。

「こういうの、知ってる？」「この詩を海外でこうやって朗読したんですよ」「これ、コレクターなら持っていると嬉しいんじゃない？　差し上げます」などなど。何度も奥に行っては、何かしらのものを持って来てくださるので、なんだか申し訳なくなってしまい、「俊太郎さん、もしご迷惑じゃなければ一緒に奥へ行ってもいいですか？」と思わず聞いてしまいました。一瞬俊太郎さんは考えた様子でしたが、「じゃあ一緒に」といって、勝手口の方へ案内してくださいました。

勝手口でサンダルに履き替え、俊太郎さんに続いて外へ出ると、目の前にシックな木造らしき倉庫（書庫）がありました。扉を開けて「これまで出した本はここに並べている」と教えてくださいました。なんと！　俊太郎さんの本しかない、俊太郎さんのご自宅の書庫！　感動でした。

「お邪魔します…」

おそるおそる中に入り、興奮気味にあれこれ拝見していると、棚の向こう側からは「こんな本もあるよ。これはちょっと珍しいんじゃないかと思うんだけど」といって、何度か本を手渡してくださる瞬間もありました。

少ししてから「じゃあ僕はあっちに戻ってるから。いろいろ見てみて、持ってないのとか欲しいのあったら、何冊もあるものだったら持っていっていいよ」とおっしゃってくださいました。夢のような時間です。普通の人であれば遠慮するところですが、人に貸して戻ってこない本や、すでに絶版になって探しても見つけられずにいた本などもあり、見ているうちに欲が出てしまって、結果的に10冊近くの本を手に、応接部屋に戻ったのでした。

大量の本を手にした私を見ても、俊太郎さんは（多分）さほど驚いた様子もなく、他のものもいろいろ見せてくださり、プレゼントもしてくださいました。

中でも感動したのは「足りない活字のためのことば展」のために書き下ろされた『たりる』という詩（サイン・落款付き）でした。

「落款がちょっと欠けてるの。こういうの珍しいかと思って」

「足りない活字のためのことば展」は、東日本大震災のとき、津波で流されてしまった三陸・釜石の印刷工場が拾い集めた活版印刷用の活字を使い、詩や短歌、俳句など、さまざまなジャンルの12人の作家が紡いだことばを展示したもの。紡がれたことばたちは1つひとつ手作業で組版され、手動の簡易活版印刷機で限定数を印刷したそうです。それらの作品は販売され、売り上げの一部は釜石地区の災害記録集作成費の一部として寄付されました（ホームページより）。出版業界の末端にいるものとして、胸が熱くなる話でした。

また、ちょうどお邪魔したその時期には神奈川近代美術館で、「まるごと佐野洋子展『100万回生きたねこ』から『シズコさん』まで」を開催中で、「なかなかいい内容みたいだよ」と、チケットをくださいました。

2010年に亡くなられた佐野洋子さんは、説明するまでもありませんが俊太郎さんの3番目の奥様。『女に』や『はだか』『ふじさんとおひさま』『ふたつの夏』など、俊太郎さんとの共著も多い作家さんです。息子の広瀬弦さんもこの展覧会に関わっており、広瀬さんが作ったという『女に』『ふじさんとおひさま』の缶バッチもくださいました。（けっきょく時間を捻出できず、この展覧会に行くことは叶わなかったのですが…）。

60ページで「驚いた後日談」と書いた、もう1つの感動もありました。7月の企画展のあと、お借りしていた私物を返却したのですが、ご自宅には返却したそのままの状態のダンボールが、テーブルの上に置かれていました。中には、会場にいらした方々が言葉を寄せた「俊太郎さんへのメッセージ」ノートや、まこりんのライブ音源なども入れていました。

「忙しくてまだCDは聴いていないんだよねぇ」

そういいながら箱の中を見ていた俊太郎さんが中から取り出したのは『よしなしうた』の初版本と、写真集の『ＳＯＬＯ』。

「これ持っていないんだよね？」

そういって私の方に差し出してくださいました。

「俊太郎さん、『よしなしうた』はこれ1冊しかないはずでは？」

「古本屋さんで見つけたから大丈夫」

何と…！　著者自らが初版本を古本屋さんで見つけて購入する…。書店の方もさぞかし驚いただろうと思います。

『SOLO』もいつかは購入しようと思っていた1冊。すでに10冊もの本を手にしていたにもかかわらず、お言葉に甘えてその貴重な2冊もいただいたのでした。

10冊の本に『よしなしうた』と『SOLO』、そして『たりる』が活版印刷されたもの、缶バッチなどなどたくさんのものをいただき、「何か入れる袋あったほうがいいよね」とおっしゃって、また俊太郎さんは奥へ行って、「香港国際詩歌之夜2011」と書かれたエコバッグをくださいました。

たっぷり2時間もお邪魔して、俊太郎さんとこれ以上ないほど楽しい時間を過ごさせていただいて、帰りは玄関で「またね」といって見送ってくださり、私は幸せの余韻に浸りながら、雨の中ホテルへの帰途についたのでした。

★第3・4章　年表

2015年　7月14日~30日、「とても個人的な谷川俊太郎展」開催
（於：SYMBIOSIS）
9月、俊太郎さん宅訪問

5章

詩の編集、対詩ライブ、大岡信ことば館

私が俊太郎さんの詩の編集をするなんて…

2015年9月の東京最終日は、企画展でお世話になった松崎義行さんと会いました。お会いするのは3回目。企画展のときは他にもたくさんのお客様がいて、ゆっくり話せずにいたので、この上京で改めて御礼を…と思って連絡をしました。

するとこのとき、松崎さんから思いがけない提案が。

「まだどういう形にするかは検討中なんだけど、俊太郎さんの詩集を出そうと思っています。奈央さん、編集しませんか?」

俊太郎さんの詩集は、書き下ろしや、あちこちの媒体に掲載されたものを編纂した作品の他に、俊太郎さんに近しい詩人や編集者の方々が再編集を手がけたものも多数出ているので、私がやっていいのだろうか!? とかなり不安ではありましたが、こんなチャンスは滅多に訪れるものではありません。

このとき松崎さんから提案されたのは、俊太郎さんの書き下ろしとして新たな1冊を出すということではなく、これまで出されたものの中からテーマに合わせて私が詩を選び、並びを考えるというものでした。
「それならできる！」
そう思い、俊太郎さんがＯＫであれば、ぜひやらせてくださいとお返事しました。

松崎さんと2015年9月にそんなお話をしてからしばらくの間、どういう体裁にするかについては検討中の状態が続きました。それでも「宇宙」「愛」「いま、ここ」「未来」という4つのテーマをいただき、手元にある詩集のページを1冊1冊めくりながら、じっくりと詩選を進めていきました。

しばらくして、詩集はリフィル型にしようと思う、と松崎さんから連絡がありました。1枚の紙に1つの詩が完結しており、持ち主が好きなように並べ替えることができ、誰かに1枚（1篇）の詩を気軽にプレゼントすることもできるという新しいスタイルの詩集を作ることになりました。

1年後、「リフィル型詩集」を発刊

編集の依頼をいただだいた翌年の2016年9月23日、私が編集をさせていただいたという報告も兼ねて、松崎さんと2人で俊太郎さん宅を訪れました。

「テーマに合わせて、私が『これは』と思う詩を選んで、並びも考えさせていただきました」

とお伝えすると

「それでいいんですよ。詩は世に出たらみんなのものだから、その人の解釈

でいいんです」。

と俊太郎さん。いつもあちこちでおっしゃっていることなので、俊太郎さんのこの考え方は知っていましたが、自分が俊太郎さんの詩を編集させていただいていいのだろうか？　という不安を抱いていた私にとってはホッとする一言でした。

そのとき1つだけアドバイスをいただいたのは、「初めに出すものは、できるだけ多くの人が知っている詩も入れたほうがいい」ということ。俊太郎さんの詩が編集された詩集は多数あるので、あえてレアな作品を選んでいたのですが、この新しいツールで初めて俊太郎さんの詩と出会う人も多いかもしれない…。それを考えれば、俊太郎さんのおっしゃることも納得でした。

その後は、松崎さんから俊太郎さんにリフィル型詩集の使い方を一通り説明し、どうやって販売・宣伝をしていったらいいか、何が必要かについての打ち合わせがその場でスタートしました。とはいっても、私は聞いていただけ。松崎さんの説明に対して、俊太郎さんがどんどんアイデアを出されるのを、感動を持って見ていたというのが正確なところでした。

リフィル型詩集というのはわかりづらいから、それを説明するような詩を書くよ、と俊太郎さん。そうして完成版には「リフィルのうた」「六穴のうた」という書き下ろしの詩も添えられました。

その年の12月15日（俊太郎さんのお誕生日）に、「リフィル型詩集」はめでたく世に出たのでした。

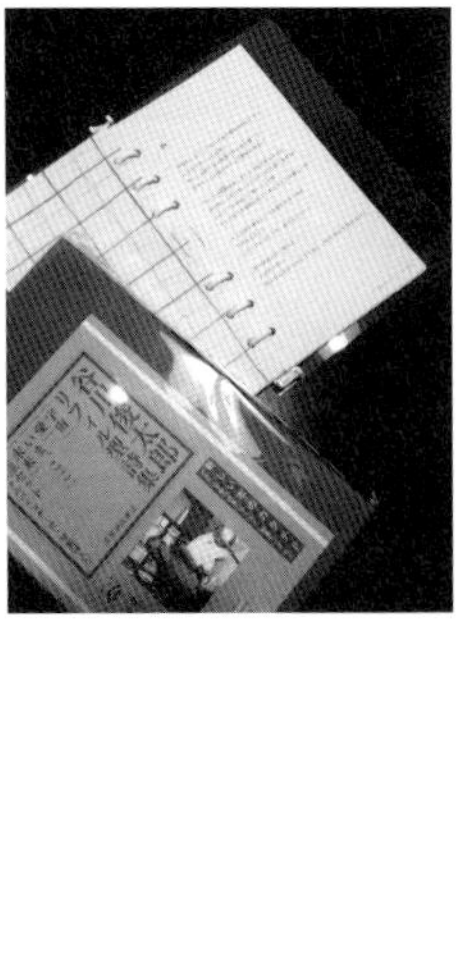

俊太郎さんに近しい方たちとの交流

話を2016年9月23日の、俊太郎さん宅訪問に戻します。この打ち合わせの帰り道、感動に浸っていると松崎さんが食事に誘ってくださいました。

「田原《でんげん》さんが奈央さんに会いたいっていっているから、一緒に行きませんか?」

田原さんとは、ご自身も詩人で、俊太郎さんの研究家でもあり、『谷川俊太郎論』という著書まであり、俊太郎さんの詩を中国語に翻訳して中国に広めた方。日本でも田原さんの編集した俊太郎さんの詩集は何冊もあります。そんな方とお会いできるなんて機会はめったにありません。喜んで夕食をご一緒しました。

松崎さんに連れていっていただいた中国料理店には、笑顔の田原さんがいらっしゃいました。田原さんはとても気遣いをされる方で、どんどん料理を注文しては勧めてくださったり、こちらが話しやすいよう、気さくに話題を振ってくださったり…。研究家で大学の先生だから、とっつきにくいのでは…と勝手な不安を抱いていましたが、それは杞憂に終わりました。

谷川俊太郎×覚和歌子「対詩ライブ」

俊太郎さん宅を訪問した翌24日には、代官山にある「晴れたら空に豆まいて」というライブハウスで開催された「谷川俊太郎×詩人・覚和歌子対詩ライブ」でした（oblaat企画）。私は松崎さんのご好意でスタッフとして入らせていただき、ポエムピースのスタッフで歌い手の川口光代さんと物販をお手伝いさせていただきました。

初めて観た対詩ライブは、それはもう刺激的でした。俊太郎さんと覚さん、交互に最大5行ずつ詩を書いていくのですが、詩が綴られる過程がモニターに映し出されます。考えながら、迷いながら綴られていく言葉を、会場にいるすべての人は熱心に見つめ、いっぽう詩を書く順番でないほうの方は会場からの質問に答えていくという、頭の回転の速さや集中力を求められる濃密な時間でした（いまは質問タイムはなくなったそうです）。

俊太郎さんのツイッターで開催を告知した直後から予約が殺到したとのことで、会場は超満員。私はまこりんと一緒に、モニター操作をしている深堀瑞穂さんの隣で、その様子をじっと見ていました。2人の世界的な詩人が、目の前で言葉を生み出していく……それをリアルに見られるというのは、本当に不思議な体験でした。

お2人が回を重ねて言葉を綴ってきたこの対詩ライブの作品は、2017年に『2馬力』という本にまとめられ、ナナロク社から出版されました。お2人の対談や、oblaatの松田朋春さん、深堀瑞穂さんのエッセイも挟み込まれており、読み応えのある1冊になっています。

対詩ライブで濃密な時間を過ごした後、同じビルのカフェで俊太郎さんや覚さん、oblaatの方々、ポエムピーススタッフらと打ち上げがありました。私も同席させていただき、まこりんとおしゃべりをしながら、赤ワインを飲む俊太郎さんをテーブルの端から見ていました。

最後に全員の集合写真を撮影したあと、まこりんと私は少しだけ早く失礼して、原宿にあるＳＥＥ ＭＯＲＥ ＧＬＡＳＳというカフェへ移動しました。この店は２０１６年に開店20周年を記念したＣＤを制作したのですが、そのアルバムに俊太郎さんは朗読で、Ｄ・ｉＶａは楽曲「さようなら」で参加しており、ファンとしては外せない場所でした。

店に着くと店主の方が中から出てきて、まこりんの来店をとても喜びました。ＳＥＥ ＭＯＲＥ ＧＬＡＳＳは絵本作家の荒井良二さんがよくいらっしゃるようで、店内には荒井さんの原画が飾られ、照明には絵が描かれており、どこを見てもカラフルでどこか懐かしい気分になれるブックカフェ。本当に本を大事にされていることがよくわかる店なのです。まこりんとビールを飲みながら過ごす時間もとっても心地よく、東京に行ったら立ち寄りたい1軒になりました。

まこりんと大岡信ことば館へ

対詩ライブの興奮もそのままに、翌日の25日はまこりんと、静岡にある大岡信ことば館へ（２０１7年11月に閉館）。

来館の目的は、同館で開催中の「谷川俊太郎展　本当のことを云おうか」を観るため。この日は俊太郎さんと、大岡さんの息子である大岡玲さんとの対談があると聞いたので、これは行かないわけにいかない！　と、まこりんと二人で訪ねたのでした。

「会場には模型飛行機なんかも下がってるみたいで、この展示は面白いと思うよ」

俊太郎さんがそうおっしゃっていた通り、俊太郎さんのことをよく知る大岡信さんの記念館ならではの展示が満載。実験的で遊び心満載のDVDの一部上映、蓋を取ると俊太郎さんの朗読が聞こえる、床から突き出した何本もの筒、天井から下がったたくさんの模型、コレクションしていたラジオ、「櫂《かい》」(俊太郎さんや大岡さんはじめ、川崎洋さん、茨城のり子さん、吉野弘さんも入っていた詩人グループ)の資料など、俊太郎さんの遊び心や好きなもの満載、俊太郎さんがそれまでにやってきたことも観ることのできる展示内容で心が踊りました。

物販スペースには、知らない本やレアな商品がたくさん並んでいました。ナナロク社が限定発売したポエメールも並んでいました。私は迷いに迷って『二十億光年の孤独』の愛蔵版を購入しました。

展示を一通り見た後、まこりんと2人で俊太郎さん・大岡玲さんの対談場所へ。気心知れた関係のせいか、ざっくばらんな会話がとても楽しい時間でした。後半は質問タイムもあり、意図がイマイチわかりづらい内容の質問にも丁寧に答えていらっしゃいました。対談後は、サインを求める列の最後尾へ。いよいよ順番が回ってきて、まこりんと私の顔を見て「連日すみませんねぇ」と俊太郎さん。

私は購入したばかりの『二十億光年の孤独』愛蔵版にサインをしていただきました。そのときわがままで「名前も書いていただけますか?」というと「今日はサインと落款だけにしてるの。いつでも会えるじゃん」と一言。感涙。

小樽で俊太郎さんの朗読にみみをすます

2カ月後の11月20日には、俊太郎さんが小樽に来訪。共著があり、俊太郎さんの友人でもあった河合隼雄氏が立ち上げた「絵本・児童文学研究センター」では毎年1度、秋も深まった頃に文化セミナーを開催。この研究センターに通っている友人の佐賀のり子さんが、チケットの手配をしてくれたのでした。

当日は会場で佐賀さんと合流し、会場に入ると客席に俊太郎さんの姿が！一言ご挨拶し、第1部の講演を拝聴。養老孟司氏、斎藤惇夫氏、西巻茅子氏という錚々たる顔ぶれです。少しの休憩を挟んで、第2部では茂木健一郎氏を進行役に据え、俊太郎さんも加わってシンポジウムが開かれました。それぞれ一過言ある方々が自由に話し、それを自在に引き出す茂木さんの話術も巧みで、あっという間に時間は過ぎていきました。

同日夜には祝賀会が開催されました。こちらも佐賀さんが予約をしてくれたので、私も出席することができました。約1カ月後に発売予定の「リフィル型詩集」の見本がポエムピースより届いていたので、それを持参してご挨拶。

「僕は人の名前を覚えないんだよね」

俊太郎さんはよくそうおっしゃっているので、何度も「古川です。古川奈央です」と名乗って「わかってるから」と呆れられたのも嬉しい思い出です。なんでも嬉しくなっちゃうのだから、困ったものです（笑）。

この祝賀会で俊太郎さんは、この年の文化セミナーのテーマタイトルにもなっていた「みみをすます」を朗読。文字通り会場の人全員が俊太郎さんの声に耳をすませました。私は前方で動画を撮りながら朗読に耳をすませました。

後日お客様から聞いたお話。その方は同センターに通う生徒さんで、同じくこの祝賀会に参加していたのですが、この日は「谷川さんに写真を一緒に撮ってとお願いするのは控えるように」という注意が出ていたそうです。誰かが写真やサインを求め始めると、我も我もと切りがなくなり、俊太郎さんを疲れさせてしまうだろうというセンター側の配慮だったのでしょう。それを知らない私は俊太郎さんに挨拶をし、リフィル型詩集を開きながらポエムピースの話をし、写真も一緒に撮っていただきました。この生徒さんは遠くから見て「ダメっていわれているのに…」と思われていたようです（汗）。みなさん我慢していたのだから、その話を聞いてなんだか申し訳ない気持ちになってしまいました。

★第5章　年表

２０１５年　9月、松崎義行氏（ポエムピース）より詩集編集の打診をいただく
快諾し、編集をスタート
２０１６年　2月、札幌で詩の講座「札幌ポエムファクトリー」スタート
（講師：松崎義行、主催：佐賀のり子）
9月、リフィル型詩集についての打ち合わせで俊太郎さん宅訪問
谷川俊太郎×覚和歌子「対詩ライブ」を観る
まこりんと「谷川俊太郎展―本当のことを云おうか―」
（於：大岡信ことば館）へ
11月18日、札幌ポエムファクトリー第一詩集
『愛のカタチは詩のカタチ』編集、発行
11月20日、「絵本・児童文学研究センター」文化セミナーで俊太郎さんが小樽へ
12月15日、リフィル型詩集編集、発行
12月18日、『愛のカタチは詩のカタチ』出版記念パーティーでリフィル型詩集の紹介

6章

年末の願いが、年明け早々に実現へ

少しずつ動き出した、カフェを開くという夢

2016年は、ほんの少しカフェの勉強をしていました。とは言っても、どこかのカフェにアルバイトで入って一から学ぶ…ということではなく、知り合いが講師をしているカフェの起業を目指している人向けの講座に2度行っただけ。とはいえ、そこで得たものはとても大きかったのでした。

1回目は少人数向けのもので、資金作りについての講座。日本政策金融公庫の方が講師で、参加者1人1人の質問を聞いて具体的なアドバイスをくださいました。すでに開業準備を始めている参加者もいて、質問内容は聞いている側にも非常にためになるものでした。どういう融資制度があるのか、どういう手続きをしたらいいいか、事業計画書を書くときは何を意識したらいいかなど、すぐに使えるありがたい説明が満載でした。

2回目はフリーライターの仕事で知り合った加納尚明さんという方が、カフェ起業を目指している女性に向けて毎年開催していたもの。カフェのあり

方やコンセプトの必要性、立地条件など、具体的な例を交えつつ加納さんからわかりやすい説明がありました。実際にカフェ経営をしている女性数名による、カフェオープンまでの経緯や苦労話、喜びなどのお話も。さらには登壇した女性たちが経営しているカフェ訪問もありました。

カフェ訪問の時のこと。加納さんから「古川さんがやろうとしているカフェは、コンセプトもはっきりしているし、多くの人に喜ばれそうですね」と嬉しい言葉。ただ、資金がないのですぐには実現できないと私がお話しすると、クラウドファンディングを勧められました。

「自分がやりたいことのために人様からお金をいただくのは気がひけるんです」

というと、「お金を出す、出さないはその人が判断すること。谷川俊太郎さんのファンは全国にたくさんいるのだから、札幌にこういうカフェを作るということを宣伝するつもりで挑戦してみたらいい。ファンの方が、こういう店の存在を知るのも大切なことだと思いますよ」とアドバイスいただきました。

加納さんのこの言葉で、もしかしたら私もカフェ開業に挑戦することができるかもしれないと思うようになったのでした。

こういった講座に出ると、必ず「自分はどういうカフェを開きたいと思っているのか」「そう思うに至った理由は何か」を話す場面があります。そこで私は企画展のことを話し、俊太郎さんとのご縁について話し、どういう場を作りたいと考えているかを話すと、多くの方は「面白そう！」「行きたい！」といってくださいました。そういった一つひとつの経験を重ねることで、「私は大それたことをやろうとしているのでは…」という不安が、「店を作れば俊太郎さんファンや、多くの方に喜ばれる場が作れるかもしれない」という確信へと変わっていきました。

〝フリーライター〟から〝カフェ店主〟に

2016年の大晦日。間もなく年が明けるというタイミングで、SNSやブログなどに1年を振り返る文章を書く方は多いですね。私も例に漏れず1年を振り返り、次のような投稿をしていました。

1年前、俊太郎さんのものを集めた場をつくりたいと思いたち、場所探しや内容の模索などもそこから少しずつしていますが、なんとなくまだそのタイミングではないのかな?という気もしています。もっともっと学べること、知らないことはたくさんあるよ、と教えられた1年でした。でも、形をどうするかは別として、その夢は持ち続け、いつか近い将来にはきっと、いや必ず叶えたいと思っています。

実現の折りには、俊太郎さんとＤｉＶａをお呼びして、その声や音楽を生で聴く素晴らしさを伝えたいというのが大きな目標です。

年が明けて2017年の1月なかば。『ポロコ』編集者だった頃に知り合ったイラストレーターのyukkyちゃんと、デザイナーの上仙文江さんと3人でランチをしました。そのとき、「俊太郎さんのものばかりを集めた場を作りたい」という話をし、yukkyちゃんの夢の話も聞き、「一緒に何かできたら楽しいね」と、大いに盛り上がりました。そんな話をしたせいか、私の中で具体的な店のイメージが湧いてきました。

その数日後。20年近い付き合いになる美容師の金田敏晃さんから「相談がある」と電話がきました。何か新しい事業などを始めるときは周囲の意見を求める方だったので「また何か面白いことを始めるのかな？」と思い、一緒に家の近くのカフェへ行きました。

「相談ってなんですか？」

「実はKAKU IMAGINATIONの2階が空くことになったので、ここで奈央さん、谷川俊太郎さんのものを集めた店をやらないかと思って」

…驚きました。少し前にyukkyちゃんと具体的な話をしていた矢先のことだったので、迷いもしました。

「少しだけ考えさせてください」

と私はいっていました。

俊太郎さんのものばかりを集めた場を作りたいといろんな人に話していた

にもかかわらず、いざそのチャンスが目の前に現れると、「今はまだ無理」という気持ちと「夢が叶うかも！」という思いが交差しました。私はほとんど人に相談をせず、家に引きこもって考えました。

ＫＡＫＵ　ＩＭＡＧＩＮＡＴＩＯＮはよく訪れていた場所だったので馴染みがありましたし、とても好きな空間でもありました。「こんな場所でできたらいいなあ」と思いながら、似たイメージの建物を探したこともありました。

しかし店をやるには、不安要素もたくさんありました。資金がない。具体的な開業の仕方もわからない。メニューの作り方もわからない。スタッフをどう募ったらいいのかもわからない。そもそも資金計画の立て方がわからない。ないないづくしです。そんな私が、俊太郎さんのものを集めた店などオープンできるのか。オープンできたとして何年も維持できるのか。自信もなく迷いに迷いましたが、やはり「場」の魅力が大きかったこともあり、数日後、金田さんに「やります」とお返事しました。フリーライターからカフェ店主に職替えをする決断をした瞬間でした。

そして、俊太郎さんにもご報告。いい場所が見つかったこと。資金は融資とクラウドファンディングで集める予定のことなどをお伝えしたところ、

「本当にやるなら応援するからね」

そう言っていただくことができました。

わからないことだらけの開業準備

まずは資金を作るため、2つのことに挑戦しました。1つはクラウドファンディング。カフェ起業講座でいただいた加納尚明さんのアドバイスを参考にしました。サイトは知り合いも活用しているReadyForにしました。

申し込みをしてからサイトアップする前に、まずはReadyForによる審査があります。審査では、自分自身の目標や夢と合わせて、いつまでにいくらが必要で、それはどう使われるかなど、具体的なことも書いて提出します。

審査が通ってからは、具体的な目標金額と期間を決めます。私は目標金額を100万円、期間を45日間に設定しました。次に、どのような夢を抱いているのか、その実現のためには何が必要なのか、具体的なことを伝えるための紹介文を書き、同時にリターン（返礼品）の設定もします。ReadyForの担当者さんからきめ細かいアドバイスをいただきながら、一つひとつ進めていきます。

そうしていよいよ2月27日に、クラウドファンディングへのチャレンジをスタートしました！

サイトアップしてからは、同じReadyForのブログページで準備の様子を書き続けました。毎日最新情報をアップするというのも担当者さんからのアドバイスでした。

「支援してくださった方々に安心感を持ってもらうためにも、具体的にどのように準備を進めているかを伝えてください」。
ブログでは、なぜ私が俊カフェをやりたいと思ったかに始まり、俊太郎さんのツイッターでクラウドファンディングを紹介していただいたこと、店ではどう過ごしていただきたいか、どういう返礼品をご用意しているか、どういうメニューを準備しているか、どの程度の数の本を閲覧できるか、DiVaとは、oblaatとは…などなど、思いつく限りのことを書き続けました。私にとっても、そうやって1歩1歩前に進んでいることを伝えられることが毎日の励みになりました。

支援については、初日で目標金額に対して17%となり、心強いスタートとなりました。その後2週間ほどでいったん停滞しましたが、終わり間近になって再び伸びていき、最終日の4月13日、無事に目標金額に到達しました。多くの友人や俊太郎さんファンの方々が支援をしてくださり、またクチコミやSNSで呼びかけてくださったおかげです。支援をしてくださった多くの方がメッセージを添えてくださいました。「楽しみにしています!」「頑張ってください」「オープンしたら、友達を誘って必ず行きます」「何度も通います」などなど、その一言一言が励みになりましたし、頑張らねば！　というエネルギーの源にもなりました。この45日間は毎晩パソコンに向かって、文字通り手を合わせながら夢へと近づいて行く様を見ていました。目標達成した瞬間は感謝と感動に包まれつつも、自分が始めようとしていることの大きさに、改めて気を引き締めたのでした。４月末には（手数料を差し引いて）目標金額の１００万円が振り込まれました。ＫＡＫＵ　ＩＭＡＧＩＮＡＴＩＯＮには居抜きで入るため、この１００万円はテーブルや椅子、カウンターやディスプレイ棚などの購入費、キッチン周りのレンタル費に充てました。

ここで実は…という話を１つ。俊太郎さんにクラウドファンディングの話をしたときのこと。

「もし期日までに目標金額に届きそうになかったら、足りないぶんは僕が出すから遠慮しないでいってね」

そういってくださっていました。クラウドファンディングはなんとか自力で達成したいと思っていましたが、自分にそれだけの力があるのか…という不安も大きかったので、この俊太郎さんの一言は、大きな心の支えになりました。

いっぽうで苦戦したのは、融資を受けるため日本政策金融公庫に提出する事業計画書づくりでした。こちらは知り合いが紹介してくれた商工会議所のベテラン、松田さんにアドバイスをいただいていました。書いては修正し、また書き直し…を繰り返していました。私の見通しの甘さ、飲食店での仕事の経験ゼロなど、不安要素は山のようにありましたので、かなり苦戦をしました。それでもなんとか松田さんから必要なことを1つひとつ教えていただき、具体的な計画を作り上げることができました。

その後、松田さんの紹介で日本政策金融公庫の面談に行きました。指示された通りの資料を一式持参し、これまでやってきたこと、これからやろうとしていることを口頭でお伝えし、資料にもしっかり目を通していただいて、好感触を得ることができました。

面談の数日後、日本政策金融公庫の融資も無事におりることが確定し、なんとかかんとか駆け足で運転資金の目処を立てることができたのでした。

「俊カフェ（仮）」から「俊カフェ」に決めた瞬間

クラウドファンディングに挑戦する前に、店名を決める必要がありました。店名が決まったらデザイナーの上仙文江さんに頼んでロゴを作り、フライヤーや看板などのデザインも進めなければ、宣伝もできません。

店には閲覧用の本を入れる丈夫な木の棚を設置し、その上に俊太郎さんの詩を、どこから見ても読めるほどの大きさに額装して飾りたい、そう思っていました。本棚と詩の額は、フリーライターとして10年間お世話になっていたマルヤマプランニングという会社にお願いしました。丸山さんなら何百冊の本を入れても安心の丈夫な本棚を作れるに違いない。そう思い依頼しました。

俊太郎さんには、店に飾る詩の書き下ろしを依頼しました。このときの会話。

「本当に少しですが、原稿料はお支払いしますので、店に来たお客様が読める詩を1篇書き下ろしていただけないでしょうか?」

そうファックスに書いてお送りしました。そうすると俊太郎さん、その後のお電話でこういってくださいました。

「ギャラなんていらないよ。だって俊カフェでしょ?」

涙が出そうになりました。そして俊太郎さんのこの言葉を受けて、店名を「俊カフェ(仮)」から「俊カフェ」に決定しました。

俊カフェ
book, music, goods & good time

その数日後にファックスで届いた書き下ろしの詩「俊カフェ案内」は、私以上に店のことを理解しているとしか思えない言葉が並んでいました。

「直すところがあったらいってね」

と俊太郎さんはおっしゃいましたが、店の様子がありありと想像できるその詩に、直すところなど1つもありませんでした。

その「俊カフェ案内」の詩の額は、本がびっしりと入った本棚の上に飾って、開店以来、ずっとお客様に眺めていただいています。ここで詩もご紹介したいところですが、この詩は店の空気を感じながら読んでいただきたいので、あえて控えますね。

え？　私がラジオ番組のレギュラーに？

店を開くことを決める少し前から、ＭＡＲＵさんという知人が局長を務める、札幌市厚別区のコミュニティＦＭ「ＲＡＤＩＯ　Ｔ×Ｔ《ティーバイティー》　ＦＭドラマシティ」で谷川俊太郎の詩を紹介するという15分間のコーナーを持つことが決まっていました。これはリフィル型詩集を告知する場が欲しくて、2017年の年明け早々、MARUさんに「宣伝してほしい」と連絡したのがきっかけでした。私のお気楽な宣伝依頼に対して、

「3月から毎週土曜の夜に15分間のコーナー持たない？　谷川さんの詩の話とかできる？」とMARUさん。あまり表に出ることは得意ではありませんでしたが、これは店の宣伝にも繋がるかもしれないと腹を決め、「ぜひお願いします」とお返事しました。

そして「俊読《しゅんよ》み」とコーナータイトルを決め、俊太郎さんに連絡をしました。

「俊太郎さんの詩をラジオで朗読することになりました。まずは著作権の許可をいただきたいのと、私が俊太郎さんのことをお話しすることを公認していただいていると、番組の中で伝えたいのですが…」と打診すると、嬉しいお手紙が届きました。そこにはこう書かれていました。

「奈央さん、いろいろ有難う。「公認」なんてジョークみたいだけど、もちろんOKです。電話や録出（録音で出演）もOKです。」

こうして「俊読み」は、「みなさんこんばんは。詩人の谷川俊太郎さん公認

『俊読み』の時間となりました」という定番の一言からスタートするコーナーとなったのでした。

「俊読み」は3月の第1週からスタート。毎週、俊太郎さんの詩を1篇朗読し、ＤｉＶａの楽曲を1曲かけました。それだけでは時間が余るので、私なりに調べたエピソードもあわせてお話ししました。またクラウドファンディングの宣伝をしたり、5月の俊カフェオープンまでカウントダウンもして宣伝を続けました。これを聴いてくれていた何人もの友人が、番組が終わるたびに応援コメントをしてくれたことも励みになりました。

15分間のコーナーの内容は毎回自分で考えるので、店のことと並行して準備をするのは大変ではありました。実はこの時期、２０１７年夏に開催する札幌開成高校の６００人以上集まる大同窓会の幹事もやっていたので、毎日が目まぐるしく過ぎていきました。それでもこのコーナーをやらせていただいたおかげで、俊太郎さんの詩に関する知識が増え、詩をより深く感じることができるようになりました。

俊読みリスト

放送日	詩／DiVa（カッコ内は詩集またはCDタイトル）
2017/3/4	朝のリレー／さようなら（そらをとぶ）
2017/3/11	ろうそくがともされた（ろうそくの炎がささやくとき／夜はやさしい（ラブレター）
2017/3/25	ののはな（ことばあそびうた）／かえる（なあに?）
2017/4/1	いや（子どもたちの遺言）／うそ（うたっていいですか）
2017/4/8	百三歳になったアトム（夜のミッキー・マウス）／鉄腕アトム（うたっていいですか）
2017/4/15	ゆうぐれ（よしなしうた）／かぼちゃ（そらをとぶ）
2017/4/22	鳥羽 1（旅）／うたっていいですか（うたっていいですか）
2017/4/29	わらう（子どもの肖像）／しあわせ（うたがうまれる）
2017/5/6	**（俊カフェから電話中継）**
2017/5/13	うつむく青年（うつむく青年）／ひとり（詩は歌に恋をする）
2017/5/20	午前二時のサイレント映画（世間知ラズ）／いつ立ち去ってもいい場所（ラブレター）
2017/5/27	息（手紙）／あなた（うたがうまれる）
2017/6/3	子どもの情景（すき）／ほん（うたっていいですか）
2017/6/10	序詩（祝婚歌）／Read Me（そらをとぶ）
2017/6/17	黄金の魚（クレーの絵本）／黒い王様（うたがうまれる）
2017/6/24	天使というよりむしろ鳥（クレーの天使）／階段の上の子供（うたがうまれる）
2017/7/1	ありがとうの深度（こころ）／いるか（うたがうまれる）
2017/7/8	星の勲章（シャガールと木の葉）／私たちの星（うたがうまれる）
2017/7/15	**（俊太郎さん電話出演）**／ラブレター（ラブレター）
2017/7/22	歌（絵本）／歌に恋して（詩は歌に恋をする）
2017/7/29	泣いているきみ（私／少年9）／とおく（詩は歌に恋をする）
2017/8/5	家族（絵本）／数える（うたがうまれる）
2017/8/12	庭（ミライノコドモ）／腕の家（うたがうまれる）
2017/8/19	死んだ男の残したものは（生きていてほしいんです）／うそつききつつき（うたがうまれる）
2017/8/26	未生（女に/文月さん朗読／とおく（詩は歌に恋をする）
2017/9/9	自販機（あたしとあなた）／夏が終る（うたをうたうとき）
2017/9/23	夜のラジオ（世間知ラズ、そして）／take me to a record shop（うたをうたうとき）
2017/9/30	せんはうたう／土曜日の朝（ラブレター）
2017/10/7	ネロ（二十億光年の孤独）／ほほえみ（そらをとぶ）
2017/10/14	私が歌う理由（わけ）（空に小鳥がいなくなった日）／みなもと（うたをうたうとき）
2017/10/21	詩を贈ることについて（詩を贈ろうとすることは）／とか（そらをとぶ）
2017/10/28	真っ白でいるよりも（表題作）／なにしてても（そらをとぶ）
2017/11/11	母を売りに（対詩）／ゆっくりゆきちゃん（ライブ音源）
2017/11/18	よりあいよりあい（シャガールと木の葉）／夏が終わる（ライブ音源）
2017/11/25	ふつうのおとこ（わらべ歌）／ことばあそびうたメドレー（ライブ音源）
2017/12/16	生まれたよ ぼく（子どもたちの遺言）／ねむるまえ（なあに?）
2017/12/23	大きなクリスマスツリーが立った（うつむく青年）／黄金の魚（なあに?）
2018/1/6	成人の日に（魂のいちばんおいしいところ）／スーラの点描画のなかでのように（詩は歌に恋をする）
2018/1/13	明日（魂のいちばんおいしいところ）／さようなら（詩は歌に恋をする）
2018/1/20	きたかぜとたいよう／かぼちゃ（いずれも俊カフェでのライブバージョン）

オリジナルグッズづくりに奔走する日々

話を開店前に戻します。店を開けることを決めてからは、閲覧用の本を少しずつ追加し買い集めていきました。DiVaのCDは、賢作さんの事務所であるタムオフィスに仕入れの相談をしました。もちろんoblaatのグッズも取り扱いたい。こちらは販売元であるポエムピース社長の松崎さんに相談しました。そうすると思いがけない提案が松崎さんの口から出ました。

「せっかくなら、俊カフェオリジナルグッズも作ったら？」

そうかオリジナルグッズという考えはなかった…。その話が出たのはまだ店のオープンを決めて間もない2月のことでした。

3月、松崎さんが来札し、何を作るか案出しをしていきました。その上で、ロゴやフライヤーのデザインをお願いしていた上仙文江さんにデザインを依頼し、Tシャツ、手ぬぐいなどいくつかの商品のデザイン案を作っていただきました。

3月末。店をオープンする前に一度きちんとご挨拶をしたいと思い、俊太郎さん宅を訪れることに。松崎さんも同行し、俊太郎さんの家の近くで仕事をしていたまこりんも少し遅れて登場しました。

まこりんが来る前に、まずは文江さんが作ったオリジナルグッズのラフデザインを、俊太郎さんに見ていただきます。ふむふむ、という表情でご覧になる俊太郎さん。そしてTシャツのデザインを見ていただいたときのこと。2015年の企画展でガラス面に貼った『朝のリレー』をモチーフにしたデザインを考えていたのですが、それを見て一言。

「せっかく札幌で作るんだから、もっと北国っぽい詩を選んだほうがいいんじゃない？　これ、コピーしておいたから考えてみて」

そういって詩のコピーを数枚渡してくださいました。

1つは『天の断片』。俊太郎さんが18歳のときに書いたものをまとめた詩集『十八歳』（1993年・集英社文庫）からの作品。そしてもう1つは『終わりのない地平』。こちらは1984年に出版された詩集『手紙』（集英社）に載っている作品。とても表情豊かに北海道が描かれていてかなり迷いましたが、『天の断片』を読みながら、空から雪のように文字が降ってくるビジュアルが頭の中に浮かんできたので、そちらを選んで文江さんにデザインを改めて依頼しました。『終わりのない地平』はいつか…と思い、まだ心の中で温めています。

SNSで書いた夢がついに実現

店の入口がわかりづらいという話にもなりました。俊カフェが入っているKAKU IMAGINATIONは大正期か昭和初期に建てられた、築100年近く経つ歴史的建造物。一番初めは札幌軟石を運ぶ馬車鉄道の会社の事務所として利用され、その次には「北海道女子栄養学校」(現在の北海道文教大学)の校舎、劇団の稽古場、人気のベトナム料理店と、札幌の歴史を見守ってきた建物です。

1階には美容室とパン屋さんそれぞれの扉があり、その真ん中にある小さな入口を奥に進むと、ギシギシと鳴る階段があり、そこを上がってようやく俊カフェの扉です。知っている人はすんなり進むことができますが、初めて足を運ぶ人にとっては「看板はあるけれど、どこから入ったらいいかわからない場所」です。そんな話題になったときのこと。俊太郎さんが「等身大パネルを置いたらいいいんじゃない？　いきなり僕のパネルがあったら知らない人も『ここ、なんだろう？』と思うだろうし」と一言。そんな楽しいものを置くアイディアが私にはなかったので、ぜひ置きたい！ということに。ありがたいことに、後日、俊太郎さんのプロフィール写真をいつも撮影している深堀瑞穂さんが、2階を指差す俊太郎さんの写真を撮ってくださりデータが届きました。

写真は4カットあり、俊太郎さんから「2階の店の位置と、パネルを置く位置が合うように、ちょうどいい手の角度を選んでください」とアドバイスもいただきました。どの角度も合うと判断し、眼鏡を外して正面を見ているカットを選び、パネルにしました。

俊太郎さん宅ではラジオ「俊読み」で流すための音源の録音もさせていただきました。当初は俊太郎さんとまこりんからそれぞれ、俊カフェにいらっしゃるお客様に向けてメッセージをいただこうと思っていたのですが、そう伝えると「雑談の方がいいんじゃない？ そこからいいところを切り取れば？」と俊太郎さん。そうして俊太郎さん、まこりん、松崎さん、私の4人によるおしゃべりを録音する流れとなりました。

そのときの会話の一部を、ここでご紹介します。

私「俊太郎さん、ぜひ札幌にいらしたときは店にもきてください」

俊「もちろん。僕確か、来年の1月に札幌行くんだよね」

私「あ、先日電話でお話しされてた…。1月14日のＨＢＣ北海道文化塾ですよね。沢知恵さんといらっしゃる…」

俊「そうそう。その前後で何か考えてもらえる？」

私「わかりました！ 13日か15日で何かできるように」

まこりん「ＤｉＶａも一緒に行けたらいいですよね」
俊「そうだね。そうだと楽しいね」
私「いいんですか？　俊太郎さんとＤｉＶａ…、震える…。帰ったらすぐ場所を探します！」
まこりん「ＤｉＶａは、私はまだ大丈夫だけど、あとは他の2人のスケジュールを確認しますね」
俊「確か六花亭のホールがあったよね。前に行ったことあると思うんだけど」
私「真駒内でしょうか。あと帯広」
松「（ネットを検索しながら）ここかな？　ふきのとうホール。良さそうですよ」
俊「へえ。クラシックの演奏なんかもやってるんだね。良さそうじゃない？　僕、六花亭の社歌を書いてるから「そちらの社歌を書いている谷川俊太郎さんが来るから、ホールを貸してください」っていえばいいよ」
私「わかりました！　帰ったらすぐに！」

ということで、店がオープンする1カ月前から、2018年1月の俊太郎さんとＤｉＶａのコンサート開催が決まったのでした。2016年の年末にＳＮＳで書いた、いつか俊太郎さんとＤｉＶａを札幌に呼びたいという願いが、思いがけず実現する運びとなったのでした。

私は札幌に戻ってから六花亭に連絡をし、気持ち良いほどの快諾をいただきました。「できれば共催という形にしたい」という私からの相談に対し、「こういう形であれば共催にできます」とお返事をいただき、無事に翌年1月15日の開催が決まったのでした。

★第6章　年表

2017年　1月末、KAKU－IMAGINATIONに居抜きで入らないか打診を受け、
カフェを始めることを2月に決める
俊太郎さんに報告
クラウドファンディングに登録、2月27日より開始
3月、「RADIO T×T FMドラマシティ」のコーナー
「俊読み」スタート（毎週土曜　19時半～19時45分）
3月、松﨑義行さん、まこりんと俊太郎さん宅訪問、翌年のライブが決まる
3～4月、ロゴや看板、オリジナルグッズなど制作
4月13日、クラウドファンディングで目標金額達成、融資も確定

7章

「俊カフェ」オープン

２０１７年５月３日、緊張感いっぱいで俊カフェがオープン

様々な準備を重ね、ラジオのコーナー「俊読み」でもカウントダウンをしながら、いよいよオープン直前となりました。オープン当初のスタッフは３名。みんなカフェでの接客は初めてなので、まずは慣れようということで、知り合い限定で４月29日にプレオープン。友人が何人も来てくれました。

そしていよいよ５月３日に本格オープンをしました。俊太郎さん人気を２０１５年の企画展で実感していたこと、また直前での新聞掲載も多かったことから、「行列ができたら私たち、ちゃんと対応できるかな」と、心配は私の中でどんどんと膨らんでいき、前日は緊張がピークに達しました。

3日の朝、まこりんからメールで動画が届きました。そこには俊太郎さん、賢作さん、そしてまこりんが「オープンおめでとう！」と声を揃えて呼びかけている画が映っていました。ちょうど九州で俊太郎さんとDiVaのライブがあり、その場で撮って送ってくれたのでした。すぐさま俊カフェのフェイスブックページに載せました。

オープン日にはたくさんのお花が届きました。店の中だけでは置き切れず、

俊カフェ　古川 奈央
〒060-0063
札幌市中央区南3条西7丁目
KAKU IMAGINATION 2F
TEL.011-211-0204 FAX.011-211-0205
営業時間 11～20時（火曜定休）

階段や店の1階入口にも置きました。まるで花畑のようないい香りに包まれて、俊カフェは幸せな初日を迎えることができたのでした。

行列こそはできませんでしたが、開店後しばらくは新聞やメディアの取材が続き、友人知人のクチコミの力もあって、徐々にお客様の数は増えていきました。

5月、6月は満席になる日もあり、毎日のようにお客様に企画展のことや俊太郎さんとのご縁のこと（＝開成のこと）、ＤｉＶａのこと、書棚に並んでいる本の説明など、ひたすら話す日が続きました。「谷川さんは、ここにいらしたの？」という質問もたくさん受けました。そのたびに翌年1月のコンサートのことを伝え、「ぜひまたお越しください。その時にはだいぶ決まっていると思いますので」とご案内し続けました。

また、俊太郎さんご本人はいなくても、ほとんどのお客様が1階入口に設置した等身大パネルの俊太郎さんと一緒に記念写真を撮っているのも嬉しい光景でした。ほとんどのお客様が、（パネルの）俊太郎さんと同じ、2階を指差すポーズをとって撮影をしていました。それらがＳＮＳにアップされ、写真を見た人が店にいる俊太郎さんに会えると勘違いして来店するということも稀にありました（笑）。

多くの取材では、同じような質問を受けました。曰く、いつ頃から谷川さんの詩を読み始めたの？　なぜ知り合うことができたの？　店を開こうと思ったきっかけは？　あなたが思う谷川さんの詩の魅力は？　いちばん好きな詩集は？　などなど。その中で、印象的な質問が1つありました。それは昔からよく知っている、大好きな女性からの質問でした。

「最後に1つ、意地悪な質問をするね。どうして多くの方に知られている谷川俊太郎さんの店にしたの？　詩をテーマにするなら、新人の詩人の方々を応援する店にするという形もあったよね」

言葉や意味合いは少し違うかもしれませんが、だいたいこんな内容の質問でした。その中に、「どうしてわざわざ有名人の名前を借りて店を作ったのか？」というニュアンスを感じました。

この質問を受けたことで、「私はただ俊太郎さんご本人や作品が大好きで、私が思う俊太郎さんの魅力をできる限り伝えたいという衝動に駆られて店を作ったのだ」という、とてもシンプルな思いを自覚しました。

価格設定にはかなり悩みました

オープン当初のメニューは、一律500円のソフトドリンクとクッキーのみ。クッキーには、俊太郎さんがテレビでお話ししていた言葉を私が拾い、「詩人の言葉」と称したカードを封入。本をゆっくり読んでいただくのが一番の目的だったので、とにかくメニューはシンプルにしました。

そのほかに【私設記念館的存在】として、場所の維持や、書棚の充実、本の維持管理をするため、お席料500円も設定していました。何度も足を運んでいただきたいので年間パスポートも用意し、それを持っているお客様はドリンク500円のみでご利用いただけるように工夫しました。

ドリンクメニューの中でも人気だったのが、生姜ジャム入りの紅茶。生姜ジャムは、数年前から私が個人的に作っていた自家製の味です。初めて俊太郎さんに送った時、「紅茶などに入れて召し上がってください」とメモを添え

ると、届いてすぐにお電話をくださり、

「ジャム、届きました。紅茶に入れたら美味しくて、びっくりして電話しちゃった」

とコメントをくださった味です。その後、嬉しくて生姜ジャムを作るたびに送り、「まだあるから大丈夫。1人暮らしだから、あまり減らないんですよ」とストップがかかったこともあります。


しかし、メニュー内容や価格設定については悩む日々が続きました。

「詩人・谷川俊太郎の400冊以上の本をゆっくり読める」「音楽や朗読の音源を楽しめる」「詩のグッズも手に入る」など、お客様にできる限り満足していただける準備をしたつもりでした。また店の維持管理や新しい本購入のために設定したお席料でしたが、「お席料があると友達を誘いづらい」「お席料があっては何度も行けない（この方には年パスについてご案内）」「お席料取られるならドリンクいらない」など、それなりの反発もありました。俊太郎さんの作品に触れてほしくてオープンしたのに、これでは本末転倒だ…そう感じて、店のオープンから半年経った10月末で、お席料は廃止しました。

また、「クッキーだけじゃなくケーキも欲しい」「食事はできないの？」などの声もたくさんありました。当初は食べ物があると本を読むときに気をつかうかもしれないと思い、あえて料理は出していませんでした。でもゆっくり過ごす方が多いということは、読書は食後にする方の方が多いだろうと判断し、2018年の春から月に数回「ごはんの日」を設定しました。いまは、その食事を目指して来るお客様もいます。またスイーツについては、スタッフ堀さん手作りの体に優しいケーキやプリンをご用意しています。生姜ジャムをアレンジしたドリンクも充実させて、けっこうカフェらしくなってきました。

カフェに勤めた経験がないので、すべてがスタッフと相談しながらの手探り。ゆっくりとメニュー構成を変えたり追加していく様子に、お客様もゆっくりついて来てくださっているのを感じて、優しいお客様に恵まれているなあ…と感じています。

込み入った話をしたくなる空間

お客様のタイプは、「読書で言葉を味わう方」と「会話を味わう方」の2つに大きく分かれます。お席に何冊も本を持っていって、ゆっくりと時間をかけて本を味わう方。お一人様以外にカップルでこういう時間を過ごすお客様も多いです。本棚には400冊以上の本が並んでいますから、どこから見たらいいいか呆然としている方もたまに見かけます。そういう時は声をかけて、棚の並びを簡単に説明し、そこから会話が広がって、「どうしてこういう店を開いたのか」という話題になったり、お客様の思い出話へと話が移っていくこともあります。込み入った身の上話や苦労話をされる方も少なくありません。そういう話をしたくなる空気が、この場所には自然と生まれているようです。

時には「詩はよくわからない」という方もいます。しめしめ、大歓迎です。

そういう時は、『詩の本』という詩集に載っている「新しい詩」という作品などをご紹介しながら、俊太郎さんが常々おっしゃっている「詩情（ポエジー）」の話をします。曰く、日常の中に詩情は溢れていること、詩人はそれを言葉にするのが仕事であること。そうして、日常に様々なことを感じるのと同じように、気軽に詩と出会っていただきたいというようなことをお話しします。

本がたくさんありすぎて、どれを手に取ったらいいかわからないという方には、その時の気分とか、どういうものを読みたいかを聞き出して、私が「これなら」と思う1冊をお勧めするようにしています。私が選んだ本が、その方に響いたかどうかはとくに確認しませんが、その1冊をきっかけに他の本も手にとっている様子を見ていると、いつもほっとします。

イベント開催で文化の発信基地に

俊カフェではオープン当初から、朗読イベントなどを数多く開催しています。最初のイベントは、「母の日に、母の詩を」。オープンマイク形式にして、参加者たちに母に捧げる詩を自由に朗読してもらいました。それぞれが思い出のある大事な詩を朗読したり歌ったり。温かい時間となりました。

その次に開催したのは、今も毎月レギュラーとして開催していただいている「絵本と詩の朗読会」。こちらは、詩の講座「札幌ポエムファクトリー」の仲間で、朗読家で、絵本セラピスト®でもある兎ゆうさんの主催。毎月テーマを1つ決め、俊太郎さんの詩と、様々な絵本を連想しながら紹介していくというもの。兎さんと私の頭の中から生まれる連想を、お客様にも楽しんでいただきます。また、俊太郎さんが長く翻訳を手がけているピーナッツの大ファンのお客様がいたので、「もっと話そう、スヌーピー」というイベントも月に1度開催しました。いろいろな作品を1人10分間の持ち時間で朗読をする「紫朗読会」というイベントも月に1度開催しています。イベントへの参加を機に俊カフェのお客様になる方も多いので、こうしたイベントをレギュラーでやっていただけることを本当にありがたく思っています。

２０１７年10月15日（日）にはまこりんのソロライブが開催されました。満員御礼です。このときは俊太郎さんやＤｉＶａと親交の深い、福岡の「宅老所よりあい」を作った下村恵美子さんも来てくださり、ライブ中にお話をしてくださいました。俊カフェの蔵書の中に「宅老所よりあい」が出している雑誌『ヨレヨレ』や、よりあいのことを紹介している『へろへろ』（ナナロク社）も揃えていて、お客様の中にはそれらを読んでいた方もいたので、これは嬉しいサ

絵本と詩の朗読会

プライズでした。そして、気さくで楽しい下村さんを見て、一発で大好きになったのです。

徐々に「俊カフェでこういうイベントをやってみたい」と打診をいただくことも増えていき、気づくと札幌の朗読家の方々だけでなく、全国的に活躍しているミュージシャンや演者、詩人などにライブやワークショップといったイベントを開催していただけるようになりました。

店をオープンしたときから、ここが詩の発進基地になったらいいな、文化の拠点の1つになったらいいな——という思いもあったので、さまざまなイベントが開催されているいまの形は願った通りの状況。俊カフェを開いたことで、とてつもなく大きなご褒美をいただいています。

俊カフェオリジナルカレンダーを制作

イベントの1つとして、2017年9月に「みんなでえをかく展」を開催しました。夏のある日、美術を志しているお客様がツイッターで「この空間で詩に囲まれながら、1日中絵を描いていたい」というようなことを呟いていました。これを目にして「好きな詩を選んで、その詩からインスピレーションを得て、自由に絵を描いていただいたら楽しいかも！」と思いつき、SNSで募集をしてみました。そうすると小学生の女の子からプロの絵本作家さんまで10名の方が手を挙げてくれて、十人十色の様々な表情の絵が集まりました。

絵は1カ月間、詩と一緒に店内に展示をし、2018年のカレンダーにすることに。デザイナーの上仙文江さんに依頼をして、シンプルで、絵と詩が響きあうカレンダーが完成しました。カレンダーは詩集としても成り立つので、年の後半になっても購入するお客様がけっこういました。

この「みんなでえをかく展」は2018年にも開催。またまたバリエーションに富んだ絵が集まりました。これを毎年続けていき、いつか1冊の俊カフェならではの詩画集にできたらいいなと考えています。

2018年版カレンダーを俊太郎さんにお送りすると、「俊カフェグッズ中のベストですね」との言葉をいただきました。

詩や絵本の講座を隔月で開催。新たな表現の場に

俊カフェでは、講座もいろいろ開催しています。その中でも人気なのが、詩の講座です。2016年の2月から、友人の佐賀のり子さん主催で「札幌ポエムファクトリー」という詩の講座を開催しています（講師は松崎義行さん）。

参加者はOLや会社員、自営の人、主婦、学生など職業も性別も年齢も様々。詩を生業にしているわけではない人々が2カ月に1度、自作の詩を持ち寄って集い、朗読をし、批評しあいます。濃密なのに爽やかさも感じられるその時間で、思い悩んでいた心の奥深くの闇を手放す人がいたり、日常の中の不安や不満を発散していく人がいたり。「詩をもっと身近に感じていただきたいな」と思っていた私の目には、詩を日常の中で感じ、表現するその姿は、理想に近いものとして写っています。

この講座、当初私はお手伝い要員として関わっていたのですが、いつしか生徒として参加するように。札幌ポエムファクトリーから出た2冊の詩集も編

集しました。俊カフェオープン後は、店でも講座を開催するようになったのでした。

また、絵本のワークショップも開催しています。これは講師の松崎さんが、俊太郎さんの作品を始め多くの絵本を世に出しているからこその、実践にチャレンジできる内容で、超少人数で個々の絵本づくりを学んでいます。

2つの講座の講師を務める松崎さんは、詩のある出版社ポエムピース社長で詩人でもあります。私は「ポエムピース札幌編集長」の名刺をもたせていただいており、松崎さんの来札時には「ポエムピース出版相談会」を開催しています。編集に携わり、何冊かの本も生まれました。そして、生まれた本から派生して、店でイベントを開催することもあります。2017年10月22日には、札幌の絵本作家ひだのかな代さんの絵本『うまれるまえのおはなし』が、けんぶち絵本の里大賞「びばからす賞」を受賞した記念パーティーが開催され、翌2018年2月には、札幌ポエムファクトリー2冊めの詩集『振り向けば詩があった』の出版記念パーティーを開きました。また、編集を担当した金田敏晃さんの『いのちの本』から派生して、いのちを考えるワークショップを開催してくださる方も現れました。

こうやって俊カフェという場は、俊太郎さんの詩のみならず、詩や絵本や、人が楽しいと思うこと、表現すること、それを受け止めることに繋がっていっています。これは店を作ろうと思った頃には想像もしていなかったことですが、それによって人の輪がどんどん広がっているのを見るのも私にとっては「詩情《ポエジー》」に違いないと日々感じています。

★第7章　年表

2017年

5月3日、俊カフェオープン

＊俊カフェの主なイベント

絵本と詩の朗読会（兎ゆうさん主催）／紫朗読会（しおんさん主催）

もっと話そう、スヌーピー（佐藤友彦さんナビゲーション）

まこりんライブ／野花南ライブ／嵯峨治彦さんライブ

詩人・文月悠光さんお話と詩の朗読会

写真絵本作家の小寺卓矢さんワークショップ

絵本作家ひだのかな代さん原画展＆お話会

おとがたり（喜多直毅さん、長浜奈津子さん）

めめさん＆福本ゆめさんの二胡と絵本の世界

ゆうくん絵本＆童謡セラピー

星占いのユリアさんお話会　　他多数

8章

谷川俊太郎＆DiVaライブを開催

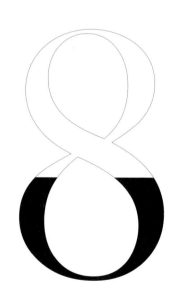

2018年1月には、谷川俊太郎&DiVaのとても贅沢なコンサートを開催しました。2017年3月に、俊太郎さん宅で決まったあのコンサートです。

1月14日はDiVa単独ライブ「詩は歌に恋をする」

DiVaライブの会場はカムオンホール。地下鉄南北線中の島駅を出てすぐの「しもでメンタルクリニック」にある、真っ白なとてもきれいな会場です。前の年、同クリニックの下出理恵子さんに会場を貸していただきたいとお願いし快諾をいただいてからは、DiVaとのやり取りを含め、とてもきめ細かい対応をしてくださいました。また受付には、俊カフェのお客様でもある北村郷子さんと俊カフェスタッフの堀美穂さんという頼り甲斐のあるお2人が立ち、私は安心してあちこち動き回ることができました。この3日間は駅やホテルと会場の移動が多く、私の車ではメンバーの楽器や荷物を運ぶことができないため、恩師の岩本隆先生にも車の協力をお願いしました。

初日の14日は、直前に美瑛でコンサートを終えたＤｉＶａがＪＲで札幌入りしました。札幌駅の改札で合流して、車でカムオンホールへ移動し、音や機材のチェックを含めすぐにリハが始まりました。

「いつか俊太郎さんとＤｉＶａを札幌に呼びたい」。それが私の長年の夢でした。そのせいか、リハを見ているだけで感極まってしまい、気づくと号泣していました。それを見て賢作さんは「ＤｉＶａ冥利に尽きます」、まこりんは「まさかとは思ったけど泣いているね」と笑ってくれました。

ライブは15時にスタート。前半、後半に分けて、たっぷりとＤｉＶａの音楽の世界にひたっていただける内容でした。耳を傾けるお客様の表情も良く、とても温かい時間となりました。後半も終わりに差し掛かった頃、お母さんと一緒に来ていた赤ちゃんが少しぐずり始め、お母さんが会場を出ようとするのをみて、賢作さんが「出なくていいですよ。どうぞそのまま会場にいてください」と一言。会場全体もその親子を包み込むような温かい雰囲気となり、

「だからＤｉＶａの音楽は心に沁みいるんだなあ」としみじみ。

終演後もＣＤとサインを求めるお客様の行列は続きました。「ＤｉＶａを生で聴いていただけてよかった」。それが心からの思いでした。

俊太郎さんはその日、別の場所での公演を終えていったん岩本先生の車でホテルに戻り、夕食で私たちと合流しました。半個室の小上がりで、ひと仕事終えた俊太郎さんとＤｉＶａは、すっかりリラックスしていました。

まこりん「俊太郎さん、お芋食べますか？」

俊「僕は穀類が好きだから、お芋なら喜んで」

俊太郎さんの正面に座った私は緊張でなかなか前を見られずにいたのですが賢作さんやまこりんが何かと話題を振ってくださり、後半やっとリラックスしました。

その席では、ちょうどほぼ日から発売になる『星空の谷川俊太郎質問箱』の話になりました。俊太郎さんは、装丁の祖敷大輔さんの絵がいいよね、とおっしゃり「祖敷さんが表紙の絵を描いた、トーン・テレヘンの『おじいさんに聞いた話』を読んでいた」ともお話ししていました。いうまでもなく、後日その本を購入しました。

翌日のお話などもして、その会はお開きとなりました。

1月15日は長年の夢！
谷川俊太郎&DiVaコンサート「詩は歌に恋をする」

15日は夜の開催だったので、動き出したのは少しゆっくりでした。私は午後の早い時間に俊カフェで、販売用の本や俊カフェオリジナルグッズを箱詰めして、ふきのとうホールに搬入。俊太郎さんにサインをお願いする本30冊はホテルに持参しました。数時間後、サインを終えた本をいただきに行くと「台車とかないの？　手で持てるの？」と心配されましたが、いつもは重たい…と思う本も、俊太郎さんのサイン入りと思うと、宝物のように軽々と持ててしまうから不思議です。

受付周りは、スタッフ堀さんを中心に、六花亭の日浦智子さん、前日に続いて北村郷子さん、佐賀のり子さんと佐賀さんの会社スタッフの葛西美穂さん、森景子さんら有志の方々が力を貸してくださいました。

私は受付をみなさんにお任せし、俊太郎さんやＤｉＶａを訪ねて来た方々を楽屋にご案内しました。お客様はあとを絶たず、私は受付と楽屋を何十回も往復していました。少し舞い上がり気味の私と反対に、楽屋の俊太郎さんやＤｉＶａはとてもくつろいでいるように見えました。（俊太郎さんは、次から次へと訪れるお客様に、あまりゆっくりする余裕はありませんでしたが…）。影アナと司会をお願いした兎ゆうさんと最終原稿の打ち合わせをするなど、やることが次から次へと出てきて、私は開演前から、すでに汗だくでした。

開演直前、舞台袖でふと思い立って、俊太郎さん、ＤｉＶａ、兎ゆうさんと6人で記念写真を撮ったのですが、あと1分でステージに立つとは思えないリラックスした空気に、むしろ私の方が癒されたのでした。

この日は撤収時間も決まっていたので休憩を取らず、一気に2時間、歌と朗読のステージを開催。教科書や詩集で読んできた詩を、ご本人がとても丁寧に淡々と、その詩が生まれたエピソードなども交えながら朗読する様子に、お客様は全身を耳にして聴き入っていました。そしてＤｉＶａの演奏では、言葉を丁寧にお客様に届けるように歌うまこりんの歌声や、賢作さんと大坪さんの、歌に寄り添うように、時には詩を歌うように奏でる音色に、新しい詩の表情を発見できたのではないかと思います。

コンサート終了後は、俊カフェからお客様への抽選プレゼントタイム。司会進行を兎ゆうさんにお願いし、ＤｉＶａは効果音を入れるなどして会場を盛り上げてくださいました。当たった方々にはステージに上がって俊太郎さんから直接サイン入りの本やＣＤを受け取っていただきました。そしてほとんどの方が、俊太郎さんとハグをしてから席に戻っていきました。最後は、俊カフェの常連でもある小学生のココちゃんから俊太郎さんに花束をお渡し。ココちゃんも俊太郎さんとハグをしていました。

終演後、俊太郎さんとＤｉＶａを楽屋へと見送ってからエントランスへ向かうと、会場から出てきたお客様はみなお風呂上がりのように頬を赤らめて上気し、目を潤ませていました。それを見て、コンサートは大成功だったと確信しました。

お客様を見送った後は楽屋へ移動して忘れ物などがないかを確認し、ロビーの販売用の商品を全てダンボールに詰め込んで、六花亭の日浦さんにお願い

して代車を借りて、スタッフ堀さんと兎ゆうさんと一緒に、隣の駐車場に停めていた車へと運び出しました。その後ホテルのラウンジへ移動し、俊太郎さん、ＤｉＶａと私、堀さん、兎ゆうさんと打ち上げをスタート。そこに福岡の下村恵美子さん、金沢の榊原千秋さんという、俊太郎さん、ＤｉＶａとも親交の深い2人の女性が合流。賢作さんが「奈央さんは下村さんのように（収入を得るためにも）もっとガツガツとしたほうがいいよ！」というと、下村さんはそれを笑って聞いているなど、それぞれがとても素敵な信頼関係で結ばれているんだなあ…ということを感じられる軽口が飛び交っていました。俊太郎さんは私がお客様から預かってきた手紙を静かに読んだり、みんなの話にニコニコしながら耳を傾けるなど、終始くつろいだ様子で時間が過ぎていきました。

この日の打ち上げは、俊太郎さんの奢り。一同誰も気づいていなかったので、賢作さんが「今日は俊太郎のおごりです」というと、下村さんと榊原さんが同時に残っていたグラスを飲み干しました。その様子がとっても愛らしく、俊太郎さんやＤｉＶａがこのお2人を大好きな理由がわかった気がしました。

1月16日は俊カフェで、谷川俊太郎&DiVaのミニライブ

16日は東京に帰る前に俊カフェへ寄っていただきたい、という話から、「それならミニライブでもやりましょう」と賢作さんがいってくださったのを受けて、約30名という少人数で1時間ほどのライブを開催することとなりました。当日はスタッフ堀さんを中心に、友人の兎ゆうさん、森景子さん、鉢呂麻美さんが店の準備や受付を担当。私は岩本先生と車でホテルへお迎えに行きました。まこりんはセッティングもあって先に俊カフェ入りしていたので、俊太郎さんと賢作さんが私の車に乗り、大坪さんが楽器とともに先生の車に乗りました。私の車内では、読書家の賢作さんが数日前に買った本の感想などを俊太郎さんに話していました。その流れで、

俊「夏目漱石の本を読んでいたんだけどね、小説の中で主人公が、本は最初から最後まで全部を読まなくてもいいっていってて。ところどころページを

めくって読めばいいんだっていってってね。ちょっと気が楽になったんだよね」
私「私は本を読むとき一字一句見落とせなくて、細かいところばっかり見て全体が見えなくなるときがあります」
俊「それは大変だねえ」
　そんな会話をしているうちに店に到着しました。

　店では堀さんが甘酒を作り、お客様に配れるようにスタンバイをしていました。ＤｉＶａが軽く音を出している間、俊太郎さんは店でお客様に自由に書いていただいている『すき好きノート』のページをゆっくりめくって眺めたり、グッズのディスプレイを見るなど、静かに時間を過ごしていました。スタート時間の少し前、扉の前を見ると、階段下まで行列ができていました。それはまさに２０１７年5月、店がオープンする前夜に私が夢見た風景でした。

ライブは当初30分の予定だったのですが、俊太郎さんが質問タイムを設けてくださり、たっぷり1時間の充実した「ミニライブ」となりました。ライブでは、谷川俊太郎・広瀬弦の共著『いそっぷ詩《うた》』からDiVaが『イソッ

プさん』、俊太郎さんが『きたかぜとたいよう』を、また鉄腕アトムにちなんでＤｉＶａがジャズアレンジの『鉄腕アトム』、俊太郎さんが『百三歳になったアトム』を披露。また前年に発売された尾崎真理子さんによる著書『詩人なんて呼ばれて』の紹介と朗読や、既刊の本には掲載されていない詩『不文律』の朗読など、盛りだくさんの内容でした。

質問タイムでは、「今まで書いた詩の中で特によく使う言葉はなんですか？」という質問に「空かな？」と俊太郎さんが答え、賢作さんが「せめぎ合うっていう言葉も校歌でよく使っていますね」と補足。「小学生の時に俊太郎さんの『かなしみ』という詩に救われた」というお客様がいらしたり。赤塚不二夫さんのことを書いた詩を読んだ方が「赤塚さんとは知り合いだったんですか？」と質問し、俊太郎さんは「会ったことがないけれど、作品は読んでいたから」と答え、その話の流れで『谷川俊太郎エトセトラ』に掲載されている詩を朗読するなど、多面的に俊太郎さんの作品を感じられる時間となりました。

ここぞとばかりにも私も質問を1つ。店には開成高校から譲られた俊太郎さんの写真を何点も展示しているのですが、その中に俊太郎さんが海外のどこかでスピーチをしているものがあり、それがいつの写真なのかを質問し、「たぶんオランダでの朗読会の時のものだと思う。お客さんがたくさんいるところで、何人もの国籍の異なる詩人たちが集まって朗読会をしました。オランダの人たちが、詩のサイト『ポエトリー・インターナショナル・ウェブ』というサイトを作っていて、そこにいろんな国の詩が原語で載ってて、私の詩も載っていますから」

と教えていただきました。

こうしてお客様と俊太郎さん、ＤｉＶａの交流ありきのミニライブは温かな空気に包まれたまま時間が過ぎていきました。朗読やお話をする俊太郎さんを目の当たりにして、一瞬足りとも目を離すまいと注視しているお客様の様子も、なんだかとても嬉しい風景として私の目に焼き付いています。

3日間のコンサートが終わり、俊太郎さん、賢作さん、大坪さんをタクシーでお見送りした後は、まるで魂が抜けたような状態に。後片付けをして店仕舞いをし、まこりんと堀さんと食事をして解散。私はまこりんと夕方、お茶カフェに行き、3日間の余韻に浸っていました。そして17日にまこりんが、「1日店員」として俊カフェでエプロンをつけてお客様を出迎えたのでした。

私はその1週間後、「詩とパンと珈琲　モンクール」というお店で、俊太郎さんのことをお話しする機会をいただいていました。俊太郎さんと、編集者の山田馨さんの対談集『ぼくはこうやって詩を書いてきた』（2010年・ナ

ナロク社）をベースに俊太郎さんの詩をご紹介するという内容で、合間合間でご紹介する詩は、読みガタリストまっつさんにその場で初見で読んでいただきました。やんわりと指定されていた持ち時間は1時間でしたが、気づくと倍の2時間お話ししていました。最後まで笑顔で聞いてくださったお客様、疲れただろうに「楽しかったです！」と声をかけてくださり、お客様の優しさに助けられたのでした（このイベントは翌年も声を掛けていただき、やはり2時間も話したのでした）。

★第8章　年表

2018年

1月14日（日）、DiVaライブ（於：カムオンホール）

1月15日（月）、谷川俊太郎&DiVaライブ（於：六花亭ふきのとうホール）

1月16日（火）、谷川俊太郎&DiVaライブ（於：俊カフェ）

1月21日（日）、イベント「「詩」を思い、そして思い出す日」でトーク（於：詩とパンと珈琲　モンクール）

9章

俊太郎さんの周りの方々とさらに会う

ポエトリーリーディング「俊読《しゅんどく》」主催
桑原滝弥さんとの出会い

少し話が戻りますが、店がオープンして間もなくの6月、日差しの強い初夏のある日、面白い出会いがありました。詩人でパフォーマーでもある桑原滝弥さんが、俊カフェにいらっしゃったのです。

その日、私は午後出の予定で、姉が店番をしていました。そろそろ家を出ようと準備をしていると、姉から「俊読っていうイベントをやっている桑原さんっていう方がご来店。会ったほうがいいと思うけど早めに来られる？」とメールが入りました。

桑原さん？　そのときの私は残念ながら、「俊読」のことも桑原さんのことも知りませんでした。店に着くと、可愛い赤ちゃんを抱いた、小柄な、でも目力のある男性が姉と談笑していました。

その日、桑原さんから「こういうことやってるんです」といただいたのが、ポエトリーリーディングのイベント「俊読2017」のチラシ。終わったばかりのチラシの表面には、大きく俊太郎さんの写真が入っていました。そしてそこに大きく書かれた

「この国の子どもたちは皆、この男の詩を読んで大きくなった」

という一文に、私は心を掴まれました。

桑原さんも俊カフェのことを気に入ってくださり、数カ月後には「俊読を札幌で一緒にやりませんか?」と1本の電話が! もちろん喜んで「ぜひ!」とお返事しました。桑原さんから俊太郎さんにも打診をしていただき、快諾をいただいて、札幌での俊読2019が決まったのでした。

初来店の日のことを、桑原さんが翌年の「俊読2018」で話してくださっているので、そのときの言葉を一部お借りしてご紹介します。

「俊カフェっていう、谷川俊太郎さんのファンがやっている、俊太郎さんのものばかり集めた店があるっていうので、ちょうど札幌に行く予定があったから行ってみました。行く前は『俊太郎さんは神様です!』っていうようなタイプの人が出てきたら、苦手なのですぐ帰ろうと思っていたんですけど、僕が着いたときにはまだ店主はいなくて、店主のお姉さんが店番をしていました。僕は俊太郎さんファンにはけっこう会ってきているから、その人が俊太郎さんを好きか、好きじゃないかはなんとなくわかるんですね。明らかにお姉さんは好きじゃない方だったので『谷川俊太郎さん、好きじゃないですよね？』と試しに聞いてみたら『はい、興味ないです』という（笑）。それで、俊太郎さんに興味のない人に店番をやらせている俊カフェ面白い！　と思って、店主を待つことにしました。そうこうしているうちに店主が来たんですけど、これがまた姉妹なのに全然違うタイプの人だったんです。ちょうど、そろそろ地方で俊読をやりたいなあと思っていた時期でもあったので、次は札幌で一緒にやりたいなあと思いました。店主が来る前に本棚を眺めていて、僕は本屋さんでも好きな本棚と苦手な本棚ってあるんですけど、ここの本棚はいいなと思っていたんですよね。俊太郎さんを『ただ好き』なだけじゃない。谷川俊太郎至上主義だなと。それもあって決めました」

　ここで「俊読」というイベントについて簡単に説明します。俊読は2006年1月に始まったポエトリーイベント。俊太郎さんの前で、俊太郎さんの作品を、様々な詩人やアーティストが独自の解釈と方法にのっとって大胆に切り込むトリビュートライブで、毎回最後には俊太郎さんご本人が登場します。

２０１８年まで通算10回（東京7回、名古屋1回、京都2回）開催。東京ではクロコダイルというライブハウスが会場となり、お客様は飲食しながらパフォーマンスを見ることができます。

あえてこういうラフなスタイルをとっているのは、桑原さんの思いがあります。教科書に載っている俊太郎さんの詩は素晴らしいけれど、遊びのある作品も非常に多いので、かしこまって詩を拝聴するのではなく、もっとどんどん詩を楽しみましょう、という意図があります。もちろんご本人が登場した時も、神様のようには持ち上げません（俊太郎さんご本人がそうされるのを嫌がるのもあります）。あえて対等に接することで、俊太郎さんの作品や、ご本人の魅力がお客様に伝わるのだから、すごいイベントです。

「俊読２０１８」は10回目という記念回でもあったので、これまで登場したパフォーマーの中から桑原さんがダイジェスト的に声をかけて演者が決まりました。私は朗読家の兎ゆうさんと2人で観に行きました。兎ゆうさんは

２０１８年1月のコンサートで司会をしていただいたので、その日は俊太郎さんと二度目の対面となります。会場に到着し、壁際の席を確保してから桑原さんにご挨拶すると、「舞台袖の席に俊太郎さんがいますよ。同じテーブルに座っていた方がいいでしょ？」と、そちらに案内してくださいました。改めて俊太郎さんにご挨拶し、舞台袖の席に移動しました。

俊読は第一部、第二部の最初と終わりには俊太郎さんと桑原さんとのトークがあります。約30分の途中休憩を終えて第二部が始まり、お2人のトークを見ていると、桑原さんが俊カフェの話を始めてくださいました。すると俊太郎さんが「今日、来てるよ」と一言。そこで桑原さんが「古川さん、ステージに上がっていらっしゃい」。なんの心の準備もないまま、呼ばれるままにステージへ上がりました。

そこで桑原さんが、初めて俊カフェを訪れた日の、前述のエピソードを紹介してくださいました。そして「来年の俊読は札幌でやります！　みんな、俊読出てみたいよね？　そこで今年の秋に、俊カフェでオープンマイクをやります！」と、公式に発表となったのでした。札幌での開催は決まっても、札幌のパフォーマンスをする人や詩人を、桑原さんや私があまり多く知らない

ということもあって、それならオープンマイクを開催して出演者を決めましょうという話になっていたのでした。

「俊読2019」に向けて準備開始

「俊読2019」の札幌での開催が決まりました！　と、俊カフェでも発表をしました。が、私が1年前に「俊読」を知らなかったように、多くの方はそれが何かをご存知ありません。

そこで桑原さんから2016～2018年の3回にわたる俊読の映像を送っていただき、お客様からプロジェクターをお借りして、7～9月に店で上映会を開催。オープンマイクのエントリーを考えている方々や、純粋に翌年の俊読を楽しむために観ておきたいという方々が、何人も来てくださいました。

9月には「俊読」に過去2回出演された大島健夫さんも上映会にタイミングを合わせて来てくださり、俊読とは…という話をしてくださいました。

そしていよいよ10月20日（土）〜22日（月）の3日間、俊カフェでオープンマイクを開催しました。桑原さんは前日に札幌入りし、この3日間は41組の方々が俊太郎さんの詩を朗読。「これだけで十分に楽しいじゃないか」と思うほど熱い時間が繰り広げられました。桑原さん自身のパフォーマンスもあり、お客様（＝演者）もかなり刺激的な時間になったようです。もちろん私も、です。

オープンマイクがすべて終わり、22日の夜は桑原さんと食事をしながら（今

大島健夫さんと

日はまだ熱が冷めていないので話すのはやめましょうといいながらも）互いの感想をいい合い、どういう人がとくに印象に残ったかについても気づくと話していました。そして翌23日（火）の午前中は、桑原さんが東京へと帰る直前まで1時間以上、お茶を飲みながら話の続きをしていたのでした。

誰に出演をオファーするか、どういう順番で組んでいくと、お客様や俊太郎さんにもっとも楽しんでいただけるか、電話やメールでやり取りをしながら、何度も検討し、寝かせ、さらに話し合って決めていきました（ポエトリーイベントの開催については桑原さんが慣れていますし、演者を見る目も長けているので、どちらかというと私は感覚的な話をしていました。桑原さんはそれを丁寧に拾って反映してくださったのでした）。

この原稿を書いている段階では、まだ出演者全員が発表になっていないので控えますが、桑原さんとは「これまでの俊読とは一味もふた味も違う「札幌ならでは」のものになりそうだ」と話しています。

日にちは2019年5月26日（日）17時～20時。場所は札幌市中央区の狸小路1丁目横にあるフィエスタというお店です。どうぞお楽しみに！

「谷川俊太郎展」でナナロク社のお2人とご挨拶

「俊太郎さんの周りの方々との出会い」に話を戻します。2018年1月13日〜3月25日、東京オペラシティアートギャラリーで「谷川俊太郎展」が開催されました。私が行ったのは3月10日と11日の2日間。10日は朝イチで展覧会の会場へ。開場になる前から入口に行列ができていました。私は招待券をいただいていたので、恐縮しながら誰もいない会場へと最初に入りました。

1つめの部屋は、たくさんのモニターに囲まれた大きな空間。暗くなると、モニターから詩が1文字ずつ、1単語ずつ、声と効果音によって聞こえてきます。「いるか」「かっぱ」（『ことばあそびうた』より）と「ここ」（『女に』より）の3篇を四方から全身に浴び、頭だけでなく全身で「俊太郎さんを体感しよう」というスイッチが入ります。

次の天井の高い空間では、最新の「自己紹介」という詩の1行1行が柱になってずらりと並んでいます。圧巻。俊太郎さんの作品だけではなく、歴代使用してきたパソコン（入力の過程を見られる！）や、ご自宅から持ち出した工具類、Tシャツ、これまでの手紙や、ご家族との思い出の品なども展示されていました。ところどころに俊太郎さんのメモ書きのような言葉が貼られており、またところどころには詩が書かれた大きな本が置かれていました。四方の壁の上部には『ＳＯＬＯ』の写真が展示されていました。

さらにそこを抜けると、一篇の書き下ろしの詩が大きく壁に書かれた真っ白な部屋があって、長椅子があり、そこでくつろいでいる人もいます。さらにそこを過ぎると、俊太郎さんの様々な人生の出来事が細かく記された、とても長い年表が壁一面に貼られています。その年表の最後の行に「札幌に俊カフェがオープンする」と書かれていました（それを見つけた多くの方が、私に写真を撮って送ってくださいました。これを見て店に来てくださった方もいらっしゃいました）。私はその日は１人だったので、近くにいた方にお願いして記念写真を撮りました。

そうして俊太郎さん三昧の会場を抜けると、図録的書籍『こんにちは』（2018年・ナナロク社）にも掲載されている俊太郎さんからの「3・3の質問」への答えがモニターで読めるようになっており、最初から最後まで五感が存分に刺激される仕掛けになっていました。

アートギャラリーを出たところにある「gallery 5」というショップでは、書籍やCDを始め、俊太郎さんに関する商品がいろいろ並んでいました。ツイッターで、オリジナルグッズの制作中と書いてあったので楽しみにしていたのですが、それはまだ店頭に出る直前で、買うことはできませんでした。あらかじめ連絡をしていた店長とそのときご挨拶をし、オリジナルグッズを俊

カフェでお取り扱いさせていただく話をすることができました。

午後からは、東京オペラシティのB1にあるリサイタルホールで開催される俊太郎さんとDiVaのコンサートを、叔母と2人で観に行きました。コンサート会場に入ると、「宅老所よりあい」の下村恵美子さんや、鹿児島で俊太郎さんやDiVaのコンサートを企画しているTOKUDA企画の徳田豊志さんもいらして、コンサートが始まるまでおしゃべりを楽しみました。

コンサートは2部に分かれ、前半はこれまでのコンサートやCDでも聴いたことのある楽曲を中心に構成。後半は武満徹さんと俊太郎さんの代表曲ともいえる「三月のうた」や、黛敏郎氏作曲の「アメリカでは」、迫力のある「火の鳥」など、1曲1曲じっくり聞き入りたくなるDiVaの歌と、俊太郎さんの淡々とした朗読が交互に展開。けっこう知っているつもりだったDiVaの新しい表現を観ることができて興奮しました。

コンサートのあとは、この「谷川俊太郎展」を企画された東京オペラシティの佐山由紀さんの案内で、俊太郎さんのいらっしゃる楽屋へ。そこには俊太郎さんと、ナナロク社の村井光男さん、川口恵子さんがいらっしゃいました。ナナロク社は俊太郎さんの公式ホームページを管理していて、仕事関係ではもっとも俊太郎さんに近しい方々だろうと私は勝手に思っています。これまでも書籍だけでなく、ポエメール（44ページで紹介）など心踊る商品をたくさん展開しており、「本当に本が好きなんだなあ」ということをしみじみ感じられる出版社です。そのナナロク社のお2人と会えたことは、本好きとしてとても光栄なことでした。

その後、オペラシティの中にあるレストランへ。俊太郎さん、ナナロク社のお2人、佐山さんと、ＤｉＶａのメンバー、賢作さんの奥様でゆめある舎の恵さん、oblaatの要で俊太郎さんのプロフィール写真なども撮影されている深堀瑞穂さんという錚々たる顔ぶれの中に座らせていただきました。「ここに私がいて場違いじゃないかな」などと思いながらも、嬉しい1日の締めとなりました。

翌日はまこりんと一緒に、再び「谷川俊太郎展」へ。この日は会場で佐山さんを見かけたので、前日の御礼をお伝えし、しばらくそこで立ち話。会場に展示された様々なものの説明をしてくださり、関わった方々が、どんな小さなことにもこだわり抜いて会場を作った話を聞きました。ここで佐山さんからお聞きしたエピソードは、店でも時々お客様にお話しししています。

呼吸法の加藤俊朗先生に会えることに

東京行では、もう1つメインイベントがありました。それは、俊太郎さんに呼吸法を教えている加藤俊朗先生の事務所を訪ねること。私の周りには心身のケアに関わる仕事をしている人が何人かいて、呼吸の大切さもよく耳にしていました。お客様の中に加藤先生の生徒さんがいらして、「依頼したら札幌にも来てくれると思いますよ」といって、加藤先生とつないでくださったのでした。

「札幌に来ていただくにはどうしたらいいか」という相談もしたのですが、私との会話で店がそれほど繁盛していないことを察したのか、いつのまにか会話は俊カフェの経営相談になっていました。曰く、「どうしてお客さんが来ないと思う？」「食事がないからかも。デザートなどもないので…」「わかっているならどうしてすぐにやらない？」という調子。全て説得力があり、頷くしかありませんでした。そんな会話をしばらくした後のこと。私の名刺を見て一言。「あなた文章書けるんだったら、自分のことを書くといいよ。そうして谷川さんに帯を書いてもらったらいいよ」

俊カフェ店主としての話を本にして、それを持ってメディアで宣伝してもらうといい、ということでした。「自分のことを宣伝!?」と思うと尻込みしましたが、これまでのことをまとめるのはいいかもしれない…そう思い、札幌に戻ってすぐに原稿を書き始めたのでした。それが、この本です。

ただ、書き始めたはいいけれど、実はいったん中断しました。1周年の準備とイベントで忙しかったこともありますが、何よりも無名の私が書く本を読みたい人がいるのだろうかと思うと、本そのものの目指す方向がわからなくなったというのが、一番大きな理由でした。

俊太郎さんの言葉に背中を押され、執筆を再開

1カ月後の4月にも再び上京しました。目的は俊太郎さん宅を訪ねることと、「俊読2018」観覧でした。

4回目となる俊太郎さん宅訪問では、5月3日の俊カフェ1周年を記念して、店に飾るものをお借りできないかというご相談をしました。できれば壁に飾れるものを…ということで、ポスターをお借りすることになりました。

客間の通路を挟んだ向かいに広いスペースがあり、俊太郎さんはその一角を指差して「あの辺りにポスターが置いてあるから見てもらえる?」と一言。喜々としてあれこれ手に取り、3枚のポスターを選びました。1枚目は、劇団四季の浅利慶太氏演出「お芝居はおしまい」宣伝ポスター。そういうタイトルの1回限りの舞台があったことは人から聞いていたので、見つけたときは宝物を掘り当てたような気持ちになりました。2枚目はオランダの詩祭のため

に作られた、俊太郎さん直筆の「鳥羽 1」の一節をポスターに仕上げたもの。和紙にプリントされた繊細なつくりです。2枚ともとても貴重なものです。そしてもう1枚は、横浜にある象の鼻テラスのために俊太郎さんが書いた「〈象の鼻〉での24の質問」がすべて書かれた大判ポスター。時々ネットで見かけていた「象の鼻テラス」や「窓に書かれた俊太郎さんの質問」がずっと気になっていたので、このポスターを見つけた時はかなりテンションが上がりました。

そのあとしばらくおしゃべりをする中で、加藤先生の話になりました。

「こういう本を出して、俊太郎さんに帯をという話になりました。ただ、書いているうちに『これを読みたい人はいるのかな』と思ってしまって、手が止まってしまっています」

そういうと、

「自分に重ね合わせて読む人もいるだろうから、まずは書いてみたら？　帯なんて書くからさ」

大きく背中を押される一言をいただきました。そうして再び書き始めることができたのでした。

俊太郎さん宅を出る前に「一緒に写真を撮っていただいてもいいですか？スマホでの自撮りになっちゃうんですが」とお願いすると、「じゃあ隣に座ろうか」とソファの隣に来て下さり、自撮りに慣れていない私がうまくできずにいると「僕がこのボタン押せばいいのかな」といってくださり、無事に嬉しい2ショット写真を撮ることができました。

その日の夜は、いよいよ「俊読2018」（於・渋谷　クロコダイル）。会場には加藤先生を紹介してくださった方もいました。経営相談に乗ってくださったと伝えると、その方もいろいろアイデアをくださいました。その中で現在実践しているのが「俊カフェサポーターズ」。5000円を一口として金額に応じて返礼品をご用意しています。少しずつサポートしてくださる方も増え、感謝の気持ちでいっぱいです。

10章

これからのこと

「詩人・谷川俊太郎」作品に惹かれて詩集を読み始め、後にＤｉＶａを知り、oblaatを始めとするグッズを知り、俊太郎さんご本人も大好きになり、想いがどんどんと膨らんで私設記念館的な「俊カフェ」を作りました。

俊太郎さんに「大変だからやめた方がいいんじゃない？」と言われてもやめようと思わなかった。どうしても作りたいと思った。あのエネルギーはなんだったんだろう？　と思うことが時々あります。そして、当たり前のように毎日俊カフェに来て接客をし、時々俊太郎さんにお手紙を書いたり電話をしたり。そんな今の自分を不思議に思う瞬間が今でもあります。

まこりんと知り合って仲良くなり、開成の卒業生だったから俊太郎さんと知り合うことができ、俊太郎さんの周囲の方々とも少しずつ時間をかけて知り合っていくことができ――。「私が頑張ってこういう場所を作ったんだ」というよりは、神様がいろんな人との出会いを準備して、こういう場所を作れるように采配してくださった」「私は俊カフェという店をやらせていただいている」という気がしてなりません。取材や打ち合わせのとき以外は家に引きこもって原稿を書いていたフリーライターの私が、俊カフェという場を開くことができ、そこから多くの人と人が出会い、人生が変わったと言ってくださる人までいる。これは、奇跡としか言いようがありません。私の目の前では、毎日のように詩的な奇跡が起きています。

このような場を作りたいと思い始めた当初のイメージは、「俊太郎さんを好きな人や、詩に興味のある人がのんびりできる場所」でした。それが気づくと、多くの俊太郎さんファンが集い、遠方から足を運んでくださる方がいて、多くのアーティストやミュージシャン、朗読家の方々がイベント開催場所として俊カフェを選んでくださるようにもなりました。私自身、自分でも追いつかないくらいに多くの経験を重ね、人脈の広がりを持つようになりました。

手の届かない雲の上の人だと思っていた俊太郎さんと、当たり前のようにお話しできる奇跡も、「素敵だな」と思っていたアーティストが私の存在を知ってくださるという奇跡も、わずか1年半の間にたくさん起こっています。夢なんじゃないかと思う瞬間も多いですが、これは現実。謙虚によりすぎず、でも勘違いせず、1つ1つの出会いを、ご縁を大事にしていこうと自分に言い聞かせる時もあります。

また、ここに集まってきた430冊以上の閲覧用の本は、今では大事な資料となっています。2018年の夏ごろ、俊読の桑原滝弥さんが俊太郎さんに「いつか谷川俊太郎記念館ができるとしたら、俊カフェの古川さんはけっこう大事な役割を果たしそうですね」と言うと、俊太郎さんも「そうだね」と言ってくださったと聞きました。実際に記念館ができるときは、ナナロク社やoblaatの方々が主体となって素晴らしい空間を作ると想像していますが、私も何かお手伝いができたら嬉しいな…と思っています。そのとき、この蔵書は役に立つのでは？　と期待しています。お客様に喜んでいただくためにも、いつかそんな日が来たときのためにも、蔵書を増やし、資料を豊かにする日々は続きます。何せ俊太郎さんの仕事量は尋常じゃないですから。

また編集者としての私にとっては、ここから何冊もの本が生まれているのも嬉しいことです。俊太郎さんが命や、生死、子どもたちの思い、大人の思いに寄り添う詩を多く書いているのに共鳴するかのように、命のことを考えるきっかけとなる本が多いのも不思議なことです。ポエムピースの名刺に「札幌編集長」「俊カフェ店主」が共存しているのは、今の私にとっての1つの到達点だと感じています。

もう1つ、ちょっとした夢があります。谷川俊太郎ファンである私が札幌に住んでいるというだけの理由で、俊カフェは札幌に誕生しました。でも、札幌にふらりと来られる人ばかりではありません。いつかポエムピースの松崎さんとの雑談で、「田原さんが『俺も東京で俊カフェやろうかな』っていってるよ（笑）」と聞きました。また、東京以外にも俊太郎さんとご縁の深い場所はいくつもあります。なので、いつか「俊カフェ」という名前が、全国に広がっていけばいいな…と、個人的には思っています。

俊カフェを開くのに要《かなめ》となるのは蔵書だけです。2015年に「とても個人的な谷川俊太郎展」を開催した当初、私が持っていたのは120冊ほどでした。その後、少しずつ買い集め、あるいは俊太郎さんからいただき、店を開いてからは買い足すだけではなくお客様からも寄贈していただいて、現在の蔵書数は430冊を軽く超えました。これだけの仕事をしてきた俊太郎さん、本当にすごいと、ただただ思います。

全国にもし俊カフェができたときは、各店の蔵書が持ち味になるだろうと思います。そして販売商品やメニューなども。共通しているのは、「俊太郎さんのものばかりを集めている」ということだけ。多種多様な表現をされているからこそ、きっと個々の店はそれぞれのカラーが出るだろうと思うのです。

店のオープン前、俊太郎さんと「いつか俊カフェが全国あちこちにできたら楽しいと思うんです」とお話しすると「そうだね。そうなるといいね」といってくださいました。5年、10年と時間が経って、その間に札幌の俊カフェがどう成長していくかはわかりませんが、私レベルで俊太郎さんが好きな人は全国にたくさんいますので、この輪が広がっていったらいいなと期待しています。そして、今私が感じている「奇跡のような広がり」を、ぜひ体験していただきたいなとも。

徐々に店の知名度が上がってきたことで、私自身が人前でお話しさせていただく機会も増えてきました。そこで俊太郎さんの作品や人柄の「私が思う魅力」をもっともっとお話しできるよう、私自身の中身も充実させていきます。

いつも話が長いといわれる私ですが、この本ほど長々とお話ししたのは初めて。「こいつちょっと面白いな」と思っていただけたら、どうぞ俊カフェへお越しくださいね。

★札幌市中央区南3条西7丁目
KAKU IMAGINATION 2階
★011(211)0204
★11〜20時営業(火曜定休)

俊カフェができるまで

古川奈央を傍で見てきた人たち

古川奈央と谷川俊太郎氏の二人の世界の最初

◆岩本隆（開成高校卒業時学級担任 兼 第16代校長）

2012年11月18日10時半、東京に戻る谷川俊太郎氏をホテルにお迎えにいき、タクシーで新千歳空港までご一緒させていただきました。前日は開成高校の50周年記念式典及び祝賀会でした。「昨日は良い式典、楽しい祝賀会でしたね」とおっしゃっていただきほっとしたことを覚えています。

当初お見送りは私一人の予定でしたが、以前から機会があれば谷川俊太郎さんご本人と直にお話ししてみたいとの強い希望を古川本人から聞いていたので、谷川さんにお願いしたところ、「ああ、いいですよ、面白いね」とあっさりご快諾していただいておりました。後部座席に谷川俊太郎氏と古川奈央が座り、私は助手席でした。

助手席で前日の式典や祝賀会での大成功の余韻に浸り、私は半分ウトウト状態でしたが、後部座席のお二人の会話は弾んでいました。古川は前もって話したかったことを次から次へと話していたようで、彼女の質問や話に谷川さんも熱心に対応していただいているようでした。

出発予定時刻の一時間前に空港に到着しましたが、「ここで結構です」とおっしゃって荷物をお預けになり、谷川さんはスタスタとゲートに入りました。見送る古川奈央の顔は頬が紅潮しており、満面の笑顔。「15分くらいで着いちゃった感じだったぁ」と。

寝がえりをうつ少女のような

◆佐藤優子（ライター）

北海道の書店や出版情報を紹介するウェブ連載「北海道書店ナビ」（コア・アソシエイツ発信）を書いているご縁で、「俊カフェ」さんにおじゃまするようになりました。

書店経営が難しいこの時代にブックカフェ形式とはいえ、新しいお店を持つ。なみなみならぬ決意と行動力がないと実現できないことだと思います。

書店にかぎらずお店とは、北海道弁でいうところの「続けてなんぼ」。継続してはじめて社会に居場所ができてくる。そこが経営者の頭を一番悩ませるところですが、古川さんのまわりにはひとがいます。母校の先輩や「詩」に出会って心を揺さぶられた方々の応援をひきよせる意志の強さが、「俊カフェ」という唯一無二の空間を成り立たせているような気がします。

いっぽう古川さんは「流され上手」でもあり、同世代の女性としてとても見習いたいところです。風が吹いてきたら、あっちにふわふわ、こっちにゆらり。「こうあらねば！」という狭量な思いこみがないところが、世界に開いている谷川俊太郎さんの詩作の世界と重なります。

いつもニコニコしている古川さんを見ていると、あの寝がえりをうつ少女のほほえみはこんな感じではないのかしらと思うのです。札幌に「俊カフェ」があってうれしい。その誕生の物語がひとりでも多くの方に届きますように。

好きの力

◆兎ゆう（朗読家）

谷川俊太郎さんが翻訳を手掛けた『ベンのトランペット』という絵本があります。トランペットに憧れる少年の一途な想いに、周囲の大人が心動かされる物語です。奈央さんが、俊カフェという大きな夢を実現したとき、真っ先に私の頭に浮かんだのがこの絵本でした。まさにこの絵本と同じように、奈央さんの情熱に多くの方が心動かされていきました。そして私も、奈央さんの情熱に引き寄せられた一人です。朗読家の私だからこそできることはないだろうかと考えていたとき、奈央さんから思いがけない提案がありました。それが、俊カフェでの朗読会の開催でした。

こうして、谷川さんの作品を中心に朗読や解説を行う「絵本と詩の朗読会」が誕生しました。谷川さんや詩に関する解説は、もちろん奈央さん。ときに谷川さんとのエピソードも飛び出す唯一無二の朗読会です。嬉しいことに、今ではこの会がお客様のコミュニティの場になっており、この会から新たな企画が生まれたこともあります。

谷川さんは『すき好きノート』の中で、「何かを誰かを好きになることは、生命の原動力」と語っています。朗読会の打ち合せを重ねる間には、奈央さんの様々な胸のうちを聞くこともありました。辛いこともある中で、それでも奈央さんが俊カフェを続けられるのは、谷川さんが好きだからにほかなりません。

「絵本と詩の朗読会」をより充実させることで、奈央さんの「好き」をずっとずっと支え続けていきたいです。

決断の速い人

◆高瀬〝makoring〟麻里子

2014年の年末。札幌に戻る前、品川の天井の高いカフェで、奈央さんは近い将来やりたい事を話し出した。俊太郎さんに特化した、展示、本を自由に読める空間、DiVaのCDが視聴できたり、それからそれから…。尽きない話の中「いずれは常設にしたい、カフェにできたら…」。うーむ、なかなか大変だぞ。私は正直、心配な口ぶりだったと思う。でも彼女は、それに頷くものの、考え直す風でもなく…あれはすでに決意表明だったのだな。それを感じてか、私は最後に「でも、やるなら早い方がいいね」と言った。

その頃東京では、やたらとブックカフェが増えて、それこそ俊太郎さんとそんな話をしたばかり。この波はすぐ札幌にも届くだろう。

で。夏。彼女は「とても個人的な谷川俊太郎展」を開催。手応え多き余韻を糧に、更にカフェ実現へとががーっと事を動かしてく。途中経過に驚き、俊太郎さんの惜しみない協力に嫉妬し（笑）。ＣＦの良き波にも乗って、あれよあれよと言う間に俊カフェは誕生した。いやいや、勿論とんでもない努力と苦労の連続。だのに、本当にあれよあれよという印象。この本も、書き始めたんだぁ…とふんわり聞いてから完成までが速いのなんの。そういゃ、私が迷うといつも「こっちだね」と即決してくれてた。そーだ、決めるの速かったんだった、奈央ちゃんは。でも実行力が伴うって凄い！　おまけに柔らかな雰囲気とのギャップまで。天晴れだ〜、自慢の親友、古川奈央♡

人物紹介

◆谷川俊太郎

1931年生まれ。1952年『二十億光年の孤独』でデビュー。数多くの詩集、絵本、対談集、エッセイ、翻訳、脚本、作詞を手がける。2018年の1年間だけで『こんにちは』『バウムクーヘン』『幸せについて』、『なまえをつけて』、『ふわふわ』(工藤直子さんとの対談集)、『あしながおじさん』(翻訳)ほか、その仕事量は計り知れない。また朗読イベントや、息子・谷川賢作氏とのコンサートなどにも多く出演。2018年に10回を迎えたポエトリーリーディングのイベント「俊読」にも毎回出演。2019年は札幌での開催が決定!

◆DiVa

谷川賢作(ピアノ、バンマス)、大坪寛彦(ベース、パーカッション他)、高瀬〝makoring〟麻里子(ボーカル)の3人からなる現代詩を歌う唯一無二のグループ。『うたっていいですか』『うたがうまれる』『うたをうたうとき』他アルバム多数。

(以下五十音順、敬称略)

◆青田正徳（ちいさなえほんやひだまり）

札幌の絵本好きの聖地「ちいさなえほんやひだまり」の店主。「世の中の絵本の8割は駄作」と断言するだけあって、ひだまりが取り扱う絵本は名著揃い。青田さんの作る「ひだまり通信」に習って俊カフェでも「俊カフェ通信」を毎月発行。互いに送り合いそれぞれのお客様に配っているので姉妹店と思っている人もちらほら。

◆岩本隆

古川の高校3年生の時の担任にして、札幌開成高校第16代校長。古川が俊太郎さんと知り合うきっかけを作ってくれた、いろんな意味での恩師。2018年1月のコンサート時は「岩本タクシー」と称して車を出し移動の協力もしてくださった。

◆兎ゆう

朗読家。俊カフェで毎月「絵本と詩の朗読会」を開催。古川とは詩の講座「札幌ポエムファクトリー」の仲間でもある。俊カフェの扱っているものに精通し、各方面で宣伝をしてくれるので、俊カフェスタッフと間違えられることも多々あり。

◆加藤俊朗

厚生労働省認定ヘルスケア・トレーナー。産業カウンセラー。俊太郎さんの呼吸法の先生で『呼吸の本』という共著もある。古川に本を出すことを勧めてくださった恩人。

◆金田敏晃

俊カフェが入っているKAKU IMAGINATIONの大家さん、美容院華宮オーナー。古川とは20年来の付き合い。2018年4月に『いのちの本』をポエムピースより出版（編集・古川）。

◆桑原滝弥（詩人類）

詩人で、「俊読」や「tamatogi」の主催者。「あらゆる時空を〝詩〟つづける」がモットー。詩集『花火焼』、写真詩集『メオトパンドラ』などの著書も。その多彩で稀有な人生は『いま、詩を生きる』（朗読に特化したインタビュー集）でも赤裸々に語られている。

◆佐賀のり子

学校法人北邦学園理事長。「札幌ポエムファクトリー」初代工場長。「とても個人的な谷川俊太郎展」開催時、宣伝にたくさんの力を貸してくれた恩人。

◆下村恵美子

福岡の「宅老所よりあい」を作った、パワフルで愛情あふれる女性。『九八歳の妊娠』『生と死をつなぐケア』など介護に関する著書もある他、「宅老所よりあい」について書かれた『へろへろ』（鹿子裕文著、ナナロク社）にも主たる登場人物として紹介されている。

◆上仙文江（スローデザイン）

古川の友人で、優れたデザイナー。俊カフェのデザイン関係はすべて彼女に依頼している。現在岩見沢市在住。

◆谷川賢作

1960年生まれ、ピアニスト、作曲家。父・谷川俊太郎氏とのコンサートを始め、DiVa、パリャーソ（ハーモニカの続木力氏とのユニット）とのライブも全国で開催。NHK「その時歴史が動いた」テーマ曲、市川崑監督の映画音楽なども多数手がける。2018年1月に行ったDivaのライブでは、ライブを初めて主催する古川に的確なアドバイスをくださった。

◆高瀬〝makoring〟麻里子

DiVaを始めトランスパランス、チャランガぽよぽよ、to the south、Singing In the Parkほか、ソロやグループのボーカリストとして活躍。北海道では某ホテルグループの「風シリーズ」の歌でも有名。1年間、能藤玲子創作舞踊団で舞踊を学ぶため札幌に移住した。意外と知られていないが劇団四季出身。

◆只野薫

ブティック「FORTUNA」オーナー。ギャラリーSYMBIOSISも企画経営（2018年にリニューアルしてギャラリーは終了）。古川の良き理解者。

◆田原

谷川俊太郎作品の研究者、翻訳者、詩人。ご自身の詩集『石の記憶』は第60回H氏賞受賞。

◆ナナロク社

『生きる』（写真・松本美枝子）、『おやすみ神たち』（写真・川島小鳥）、『ぼくはこうやって詩を書いてきた』（山田馨との共著）、『2馬力』（覚和歌子との共著）、展覧会の図録本『こんにちは』『あたしとあなた』『バウムクーヘン』『幸せについて』など俊太郎さんの著書多数。「ポエメール」「夏のポエメール」も限定販売。公式ホームページ「谷川俊太郎.com」の管理をするほか、創業者のお一人・川口恵子さんは俊太郎さん宅の資料の管理なども任されている。

◆深堀瑞穂

oblaatのメンバーで、谷川俊太郎氏、賢作氏らのプロフィールやライブなどの撮影も。谷川俊太郎・覚和歌子対詩ライブで客席にリアルタイムで詩を綴っている様子が見えるシステムを作るなどメカにも強い。谷川賢作公式ホームページに時々登場する「スタッフMi」は深堀さんのテキスト。とてもリズムがあって面白いのでぜひご一読を。

◆堀美穂

俊カフェスタッフ。体に優しいデザートを手作りするほか、店のディスプレイやギフトのラッピングなど、古川のセンスの及ばないところをきめ細かくフォローしてくれる頼もしい存在。

◆松崎義行

ポエムピース、みらいパブリッシング代表。詩の講座「札幌ポエムファクトリー」技術指導員。oblaat の一員として古川と知り合う。古川は現在ポエムピース札幌編集長でもあるため、仕事上での付き合いが多い。また、俊カフェのステキな応援団長でもある。

◆MARU

札幌市厚別区のコミュニティFM「FMドラマシティ」局長。古川は２０１７年3月～２０１８年１月まで、MARUさんの番組「MARUの時間」内で15分間のコーナー「俊読み」を担当させていただいた。

◆森景子

絵本セラピスト。通称めめさん。俊カフェには絵本関係のお客様をたくさん連れてきてくださり、またご自身も二胡の福本ゆめさんや、男性絵本セラピストとなど数々のイベントを企画し盛り上げてくれている。子どもが開成出身のため、親子で俊カフェのお客様。

◆yukky（ユッキー）

世界に羽ばたくアーティストを目指す、パワフルなイラストレーター。俊カフェ看板や缶バッチの俊太郎さんの似顔絵を描いていただいた。

special thanks（敬称略）

谷川俊太郎、加藤俊朗、松崎義行、則武弥、DiVa（谷川賢作、大坪寛彦、高瀬“makoring”麻里子）、覚和歌子、前田優子、ナナロク社、桑原滝弥、大島健夫、岩本隆、只野薫、佐藤優子、兎ゆう、神尾敬子、佐賀のり子、村田由美子、森景子、上仙文江、yukky、扇柳トール、金田敏晃、堀美穂、ヨミガタリストまっつ、諸井和美、堀川さゆり、そして大事な私の家族（父・善盛、母・愛子、姉・糸央、姪・桃）

古川奈央（ふるかわ なお）

1969年札幌生まれ。札幌開成高校（当時）で谷川俊太郎作詞の校歌を歌う。大学卒業後、『夜中に台所でぼくはきみに話しかけたかった』『旅』と出合い、谷川俊太郎の詩にはまる。広告代理店、雑誌編集部等を経て2007年よりフリーライター&エディター。2017年5月3日、札幌に「俊カフェ」をオープン。現在、俊カフェ店主、ポエムピース札幌編集長。谷川俊太郎のリフィル型詩集（名作選・ポエムピース刊）4冊を編集。

手記《しゅき》　札幌《さっぽろ》に俊《しゅん》カフェができました

2019年2月26日　初版第1刷

著　者　古川奈央《ふるかわなお》
発行人　松崎義行
発　行　ポエムピース
〒166-0003 東京都杉並区高円寺南4-26-5 YSビル3F
TEL 03-5913-9172　FAX 03-5913-8011

編　集　諸井和美
装　幀　則武 弥（oblaat）

印刷・製本　株式会社上野印刷所

ISBN978-4-908827-51-8 C0095

撮影：工藤 了、佐藤正樹（キハユニ写真工房）、
たなかまゆみ、深堀瑞穂、松崎義行

詩が日常になったきっかけ。ナナロク社の商品

俊太郎さんづくし!「道後温泉 オンセナート」

俊カフェオープンの足がかりになった
「とても個人的な谷川俊太郎展」

俊太郎さん＆Divaのコンサート「詩は歌に恋をする」

俊太郎さん＆Divaのアットホームなミニライブ@俊カフェ

俊カフェをオープンしてから、どんどんと人の輪が…

俊カフェ定例「絵本と詩の朗読会」

カフェから文化の発信地へ

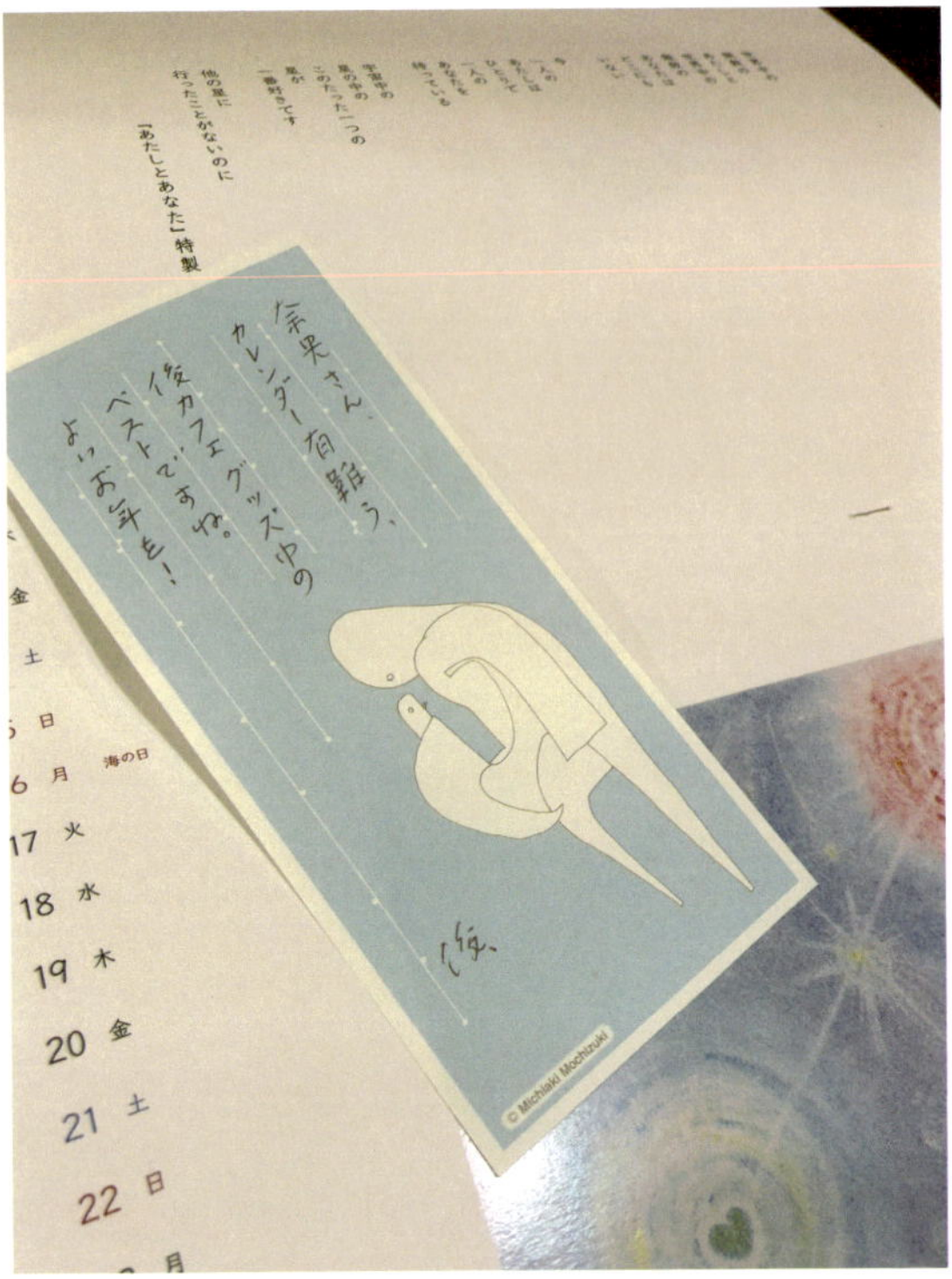

俊太郎さんから、俊カフェカレンダーへのコメント